像高手一样
讲故事

王 琼 ◎ 著

机械工业出版社

故事把一个个冲突和颠覆的事件呈现在我们面前，连接人心、推进改变。故事思维是我们决胜未来的关键能力。一个好故事能输出"秒级影响力"，唤醒情感、传递价值。故事之所以有这样的能力是源于其背后的故事思维，而这一思维需要我们不断锤炼和提升。本书以创新和极简的故事线串接起故事思维的要素，以一个故事生成器快速打造故事之心、故事之线、故事之旅，让读者学会为自己、为组织、为品牌、为用户讲好故事，进而成为一位"首席故事官"，在任何场合都能以故事为媒，输出力量，决胜未来。

图书在版编目（CIP）数据

像高手一样讲故事 / 王琼著. -- 北京：机械工业
出版社，2024. 12. -- ISBN 978-7-111-77174-6

Ⅰ. I054

中国国家版本馆 CIP 数据核字第 2025L9P676 号

机械工业出版社（北京市百万庄大街22号　邮政编码100037）
策划编辑：梁一鹏　　　　　责任编辑：梁一鹏
责任校对：韩佳欣　张　征　责任印制：郜　敏
三河市宏达印刷有限公司印刷
2025年1月第1版第1次印刷
148mm×210mm・6.375印张・129千字
标准书号：ISBN 978-7-111-77174-6
定价：58.00 元

电话服务　　　　　　　　　网络服务
客服电话：010-88361066　　机 工 官 网：www.cmpbook.com
　　　　　010-88379833　　机 工 官 博：weibo.com/cmp1952
　　　　　010-68326294　　金 书 网：www.golden-book.com
封底无防伪标均为盗版　机工教育服务网：www.cmpedu.com

自　序

"口者，心之门户，智谋皆从之出。"这句话出自鬼谷子王诩的《鬼谷子·捭阖》，常常被我挂在嘴边。

我是中国最早认证的培训师之一，有着二十多年的培训经验，从 1996 年起主要讲授商务演讲、向上汇报、路演竞标等方面的课程，后来专注于系统思维和创新思维方面的培训和咨询。演讲汇报一直是企业员工的刚需。后来，以讲故事的方式进行演讲汇报逐渐成为一个新的需求热点，为此，我认为有必要把它放入课程的分享和训练中。

为什么朴实无华的工作汇报或信息介绍不再能满足听众的需求？为什么我们需要用讲故事的方式来吸引听众？故事的本质是什么？我们该如何定义一个好故事？有哪些简单而深入、生动而有力的方法能启发故事思维，见证我们的快速成长？

正是出于对这些问题的思考，我决定着手写一本书。

一位公司高管在年会上的致辞令我印象深刻。当时他讲了一个故事：

"从前咱们做销售的就像是一个个猎人，出去打猎总能带回来猎物。可世道变了，我们再出去打猎，举枪一看，啊，怎么是你？！哪有什么猎物，一个个全是自己人。现在我们必须转变角色，成为辛勤的农夫，在自己的田地上开垦、播种、浇灌、施肥，唯有如此，才可能有收获。我们去给客户讲产品也一样，要精心琢磨、细心培育，因为很多内容人家早就听腻了，现在就看谁会讲故事。故事讲好了，它就能像种子一样，在客户心中生根发芽。"

没有任何长篇大论，但他所讲的故事能够让人们快速理解其中的道理。

好莱坞著名编剧罗伯特·麦基在《故事》一书中强调，故事没有固定的公式，只有不同的形式，我深以为然。万物皆故事，看你怎么讲。故事的力量有高下之分，讲故事的能力需要不断锤炼与提升。

因此，我把多年在企业授课的经验、面临的挑战以及发现的机遇融汇于这本书中，旨在以创新而极简的形式建构一个故事思维的底层逻辑，把故事之心、故事之线、故事之旅的要素串联起来，为你打造一个简便易用的故事生成器。

我曾访谈过近百位学员。有人说，"我没有故事，怎么办？""我不会煽情，怎么讲？""我过于情绪化，别人反而不相信我，怎么办？""我讲得平平淡淡，没有情节起伏，怎么办？""我天天都忙着总结数据，哪有时间准备故事？""我不太认同讲故事这种方式，能把事情说明白就好了。""我又不去卖东西，没有必要讲故事。""说起来，道理都知道，可我就是不会设计故事，更

不要说把故事讲得精彩。""我极度内向内敛，没有讲故事的天
赋。""我当众讲话都害怕，更不要说讲故事了，那对我的要求太
高了。""故事要么在影视剧里出现，要么是给小孩子讲，我们在
哪些场合需要讲故事呢？"

　　我相信，这样的困惑和顾虑有相当的代表性。而我希望本书
能为你提供一个常常在身边的便捷手册，请读一读、想一想、试
一试，再看一看有没有效果。

　　本书共分为七章，核心内容概括为三部分，都是直接面对和
故事有关的老大难问题：什么是好故事？怎么讲好一个故事？故
事的力量是什么？具体来讲，第一部分阐述了故事思维的核心概
念以及我对好故事的认识。第二部分探讨了我们为什么需要讲故
事，即故事的意义和价值。第三部分介绍了训练故事思维的创新
方法，并且展示了故事在不同场景中的应用和影响力。

　　无论你是企业高管、市场经理或销售总监，还是渴望成长与
进步的其他方面的专业人士，抑或是初入职场的新人，这本书都
将为你提供讲好故事的创新方法与指导。万物皆故事，关键在于
如何讲述。

　　那么，什么才是好故事呢？在深入研究与实践的过程中，我
发现好故事普遍具有一种"秒级影响力"，能在瞬间抓住听众的
心弦，让听众看见生动的画面，想到深刻的内容，激发迅速的行
动。这种影响力如同魔法般神奇，让众人在故事中遇见不一样的
世界和自己。

　　本书的核心使命便是探寻如何让故事具有"秒级影响力"，

我将以创新的方式重构故事训练和引导的方法，用一根极简的故事线串起故事思维的各个要素。我希望这本书的阐述与指导能够助力你成为一名优秀的"首席故事官"，在任何场合都能以故事为媒，连接人心、唤醒情感、传递价值。

尤瓦尔·赫拉利在《人类简史：从动物到上帝》中提到，人类文明的底层是故事，因为故事是最符合人类心智的沟通方式。现在，就让我们一起踏上这段奇妙的旅程，打造故事思维这个决胜未来的关键能力，共同见证故事的力量，用精彩的故事创造更加美好的世界。

目　录

自序

第一章
什么是故事思维

故事让我们因困难而伟大，因挑战而成长。

在为企业提供的培训中，我曾主持过上百场"打造首席故事官"的课程，目的是筛选和培养能够为个人和组织讲好故事的人。在访谈过的成百上千位学员中，我发现他们反复提及一个共同问题："请用一句话告诉我，到底什么才是一个好故事？"

为了找到能触动心灵的答案，我在书香的花园中深挖细掘。我期待的答案既不应过于晦涩难懂，让人望而却步；也不应平淡无奇，令人意兴阑珊。

没想到，有一天，我的小外甥讲的故事给了我一种顿悟的感觉。

◤ 第一节
什么是好故事

1. 寻找故事的故事

出生、挣扎奋斗、逝去。

人生之旅无非这三个阶段而已。然而，在人类历史的长河
中，那些星汉灿烂、英雄璀璨、典籍浩繁、口碑相传的纪念，都
被编织成一个个故事，成为我们共同的记忆、怀念、愿景与希
望。这些故事，如好莱坞著名编剧罗伯特·麦基所言，是"冲突
颠覆生活"的写照，它们依靠精巧的结构与细腻的描绘，借助深
邃的语言与真挚的情感，以及智慧与力量的交融，成为沟通与交
流中最能触动人心的手段。它们连接心灵，融合情感，推动改
变，引领行动，是我们走向未来、成就自我不可或缺的能力。

那么，到底什么是故事？什么又是好故事呢？

从美好的想象跌落到现实，我还是苦于找不到对于故事的精
准界定，一切都仿佛只能意会而不可言传。有一天，小外甥走了
过来，手里拿着一本英文版的《驯龙高手》。我问他，"给姨姨讲
个故事吧，好吗？"

"嗯，好的。"他闪动着大眼睛，殷切地点着头，说道，"姨
姨，故事说的是'to become a hero the hard way.'"

"嗯？"我愣了一下，"什么？！"一瞬间，我感到自己茅塞顿

开。"对呀！"这不就是我一直在寻觅的答案吗？

这才是故事，它本就如此。故事让我们成为"英雄"，让我们因困难而伟大，因挑战而成长。

多年来，我一直在培训系统思维和创新思维，时常面临挑战，每当触及思维的核心，我都不得不直面问题的本质。我始终在思考，尽管故事的形式、人物、场景在不断变化，但其中永恒不变的元素是什么？在翻阅了众多关于故事理论和实践的论著后，我发现一个不变的要素——面临困难和挑战中收获的启示与智慧。因此，我将故事定义为：再现因困难而成就我们的事件，让我们因挑战而成长。

当然，故事中的"英雄"可以是任何人。故事是他们面对挑战、应对挑战、战胜挑战的纪实，抑或是绝处逢生的真实写照。故事是因困难而成就伟大的事件，以动人的方式讲述动人之人的动人之事。

人类历史的发展中充满了故事，这一点，我更是深受尤瓦尔·赫拉利的《人类简史：从动物到上帝》的影响。他说，智人因想象而建造世界，因需要而说服彼此，因愿景而相信和看见，从而踏上合作之旅。基于此，故事就是通过语言建构场景，既可以是真实的，也可以是虚构的，这是我们与其他动物最本质的区别之一。

我们读到过历史故事，有卧薪尝胆、屡败屡战的勾践，他在困难中积累经验，反转为三千越甲可吞吴的传奇人物。这让我们思考谋略和人性——不是对错，而是那一刻的抉择。

我们读到过真实的故事，有经历了奥斯维辛集中营苦难折磨的心理学家维克多·弗兰克尔的传记《活出生命的意义》。他遭受亲人逝去的痛苦，身体遭受折磨，但生命的意义让他战胜了恐惧与无助，达到了坚韧持正的境界。他不但超越了炼狱般的痛苦，更是将自己的经验与学术结合，开创了意义疗法，为人们找到绝处求生的意义，而他的故事就是人性史上最富光彩的见证。

我们读过虚构的故事。如西行取经的玄奘法师，不回头、不避世，师徒四人一次次战胜妖魔鬼怪，终修正果，这样的故事在企业领导力发展、团队搭建等方面成为历久弥新的比喻与借鉴。

我们读过生动的个人故事。教培行业受阻，没有直播带货经验的董宇辉逼自己走上台前，一边讲解英语知识和图书内容，一边卖货，却在半年后一炮而红。寂寞的夜晚无人喝彩，坚持不懈的努力陪伴他度过漫漫长夜，迎来成为超级网红的成功。

我们还读过团队的故事。一家大型企业，经过四次创新思维的培训，市场部 120 位成员共创出 722 个主意，在方案路演和项目介绍中展示了 112 个想法，演绎成生动的故事和愿景，一次又一次获得领导的认可和批准，见证了智慧凝聚的力量和团队合作的重要性。

无论是哪一种类型的故事，它们无一例外地体现出：因困难而伟大，因挑战而成长的一段段起伏的旅程。你的故事就是你的世界，从个人故事到品牌故事，再到用户故事，哪怕再小的个体都有自己的故事。在走向未来的道路上，这些故事就是你获得成功的宝贵财富和社交货币。

2. 什么才是好故事

说话我们都会，但是真正做到"会"说话，可是一种能力。讲故事，我们多多少少都讲过，但是，会讲故事、讲好故事却是一种本事。从"会"到"能"再到"好"是一个个量级的差别。那么，究竟什么才是好故事呢？我还是用一个故事来回答吧。

十几年前我有幸给一家高科技公司的"传道人"团队培训（传道人，英文是"Evangelist"，专指公司里资深的技术专家，时常需要给别人讲解技术，介绍方案，进行培训，等等）。他们一提到自己公司的领袖人物史蒂夫·乔布斯都竖起大拇指，对他赞不绝口。大家一致认为，"这个人太会讲故事了，不知不觉你就被他的故事感染，对他言听计从。"

这是一位"传道人"给我分享的乔布斯的封神时刻。

那是 1983 年，苹果公司正在紧锣密鼓地研发麦金托什电脑，希望在 1984 年发布新品。但是，研发团队负责电脑开机设计的工程师们却遭遇到了瓶颈。乔布斯要求缩短电脑开机的时间，让工程师们必须改进。可是尝试了多次，工程师们觉得很难做到，大家都说，没法再缩短了。

一天，乔布斯走进了拉里·肯尼恩的办公隔间。肯尼恩是负责电脑操作系统的工程师。乔布斯抱怨说开机启动时间太长了。肯尼恩开始解释，但乔布斯打断了他，因为乔布斯意识到再听下去也无济于事了。于是他抓起一支笔，在白板上一边写一边说，"拉里，我这么说吧，你们看，明年我们推出麦金托什电脑，假如全世界有 500 万人用，每天就算开机一次，我们缩短 10 秒钟的开机时间，10秒乘以500万人，一年下来等于节省了3亿多分钟，这至少相当于10个人一生的寿命！所以，伙计，为了这10条人命，你们要再努力缩短10秒。"

什么？！缩短开机10秒等于挽救10条人命？

乔布斯只问了一句话："如果开机速度再快10秒就能拯救10个人的生命，你们做不做？"

这番话让拉里十分震惊。几周之后，乔布斯再来视察时，肯尼思团队将电脑启动的时间缩短了28秒。

乔布斯讲话的魅力被称为他的封神能力——现实扭曲力场。他非常擅长利用这一点。要么，他能把冷冰冰的事实或数据转换成有温度的人性感受和洞察，让大家觉得无论如何也要实现这个任务；要么，他能把逼真的未来呈现在人们面前，这样的画面不仅无法让人拒绝，更让人热血沸腾，想尽办法也要为实现这个使命和愿景去拼尽全力。

还是1983年，当时苹果公司还是一家不知名的小公司，乔布斯急需一名CEO来帮助他掌管公司。于是，他盯上了百事可乐的总裁约翰·斯卡利。

他对斯卡利说："你是愿意卖一辈子糖水，还是愿意和我一起改变世界？"

什么？"百事可乐"等于"糖水"？"加入苹果公司"等于"改变世界"？

恰恰就是乔布斯的这句话瞬间打动了斯卡利，他毅然离开了百事可乐，成为苹果的首席执行官。后来他还和乔布斯一起创造了最棒的产品：第一台 Mac 电脑以及苹果公司最棒的一支广告《1984》。

乔布斯做了什么，让这些点滴成为他的传奇呢？

我把他说话和讲故事的魅力称为"秒级影响力"，即在最短的时间内输出力量，推进行动和改变。

他的"秒级影响力"恰恰凸显了我眼中好故事的特点：

○ 首先，是画面感的刺激。一个数字、一个邀请一下子就在对方大脑中产生了逼真形象的画面。

○ 其次，是调动情绪价值。当事实对别人没有影响力时，可以以情感的方式击中人心。

○ 再次，没有循循善诱、长篇大论，而是以最精炼的感性角度直问人性，产生巨大的驱动力。

这些特点成就了乔布斯的传奇，概括起来就是"秒级影响力"。这种能力让我们感受到：想要成真，先要逼真。

那么，这种带有"秒级影响力"的"现实扭曲力场"是乔布斯的原创发明吗？

不，这是科幻片中经常使用的手法。"现实扭曲力场"（Reality Distortion Field）一词来于于电影《星际迷航》，特指外星人通过精神力量建造了新世界。

"以精神力量建造新世界"是核心，这种力量被乔布斯借鉴并演绎到极致。在他的鼓舞激励下，在他的"威逼利诱"下，在他的情感激发下，工程师们的想象力被引爆，产生巨大的能量，从而带来了惊人的改变。

那么，我们该如何向乔布斯学习和借鉴"现实扭曲力场"，把秒级影响力融入故事的设计和演绎中，让故事产生巨大的力量呢？

3. 5秒钟讲什么

有一次，我给一家公司的研发团队分享"打造首席故事官"的主题。开头我刻意设计了5秒钟的内容，快速建立起故事和听众们的连接。

我用了一幅图作为开篇。图片上，一位手持长枪的孤胆英雄面对着一条恶龙。

紧接着我又问大家：什么是故事？

这5秒钟的时光是我种在听众心中的种子。之后，我的分享紧紧围绕着这个主题：故事是和"恶龙"作战的"驯龙高手"的英勇事迹。主人公因困难而伟大，因挑战而成长。我们都在现实中挣扎寻路，"恶龙"不只是当前的困难，还是我们要去超越的人生卡点。超越它就是我们的一次英雄之旅，我们不指望随随便便成功，反之会更渴望见证风雨彩虹！

课程结束了，学员们给予我非常积极的反馈，溢美之词尤其集中在前5秒的那一幅图和那一句话：故事就是见证艰难中让自己成为英雄的历程。

不论用视觉还是语言，故事的任务是让内容被看见、让情感被传递，从而鼓舞人心，激发感知，点燃热情，触发行动，因为好的故事带给人们——秒级影响力。

一个好故事的背后是一种故事思维的能力。

▲ 第二节
故事思维的内涵

1. 什么是故事思维

你是否曾在聚会中听过朋友娓娓道来，讲述一个个引人入胜的故事，而你也随着他的叙述，情感起伏，仿佛置身于故事之中？又或者，在工作中，你是否发现有些同事总是能够用生动的故事来阐述复杂的观点，使困难的问题变得易于理解？如果你曾有过这样的经历，那么你其实已经接触到了"故事思维"的魅力。

故事思维，就是用故事的形式来思考和表达的能力。它不仅仅是一种沟通技巧，更是一种深层次的认知方式。具备故事思维的人，往往能够用富有情感且充满情节性的语言，将复杂的信息简洁明了地传递给听众，引起共鸣，达到有效沟通的目的。

想象一下，在公司的年会上，市场营销总监没有用枯燥的数据报告，而是讲述了一个生动的故事："去年，我们卖出的这款车相当于它在整个法国和西班牙的保有量！我们卖出了一个法国，还卖出了一个西班牙！"全场爆发出震耳欲聋的欢呼。这就是故事思维的力量，它能点燃听众的情感，让信息深入人心。

安妮特·西蒙斯，一位在故事思维领域颇具有影响力的学者，曾明确指出，故事思维就是通过讲述故事来影响和说服他人的技巧。故事思维帮助我们更好地理解和记忆信息，激发情感共鸣，促使我们采取行动和做出决策。这种思维方式强调的是情感共鸣和认知体验，让听众在故事中同频共振，从而更好地理解和接受所传递的信息和观点。

回想一下你的工作经历。那些让你记忆犹新的会议、报告或演讲，是不是都与生动的故事有关？而那些枯燥无味的理论和数据，是不是很难在你的脑海中留下痕迹？如果你的回答是肯定的，那么你已经体会到了故事思维的重要性。

有一家被《基业长青》的作者吉姆·柯林斯高度赞誉的医学公司，树立了远大的社会责任理念：一切以患者为优先，药物的使命是缓解病痛而不是获取暴利。记得有一次我给他们培训时，一进门就看见前台最醒目的地方书写着一份公司的战略愿景——讲好我们在中国的故事：第一，每年致力于服务一亿患者；第二，每年研发出两个原研新药；第三，在中国和世界医学公司中冲刺前三甲。

这样的使命宣言极富感召力和穿透力，同时还朗朗上口，即便是我这个"外人和外行"也能立刻理解他们公司生命的意义，而且一直到现在这个战略愿景依然在我眼前栩栩如生，我甚至愿意为它去大力宣传。十二年来，我看见了这家公司对患者关怀的承诺，对医术精进的不懈追求，对新品研发和推广的专注努力，更见证了他们业绩节节攀升，最终登上了荣耀榜单的光辉时刻。

2. 故事思维的三个核心要素

化繁为简，我把故事思维的能力总结为三个方面：看见看不见；想到想不到；做成做不成。

一是看见看不见。故事往往能够通过细腻的感性描述带来震撼的画面感。美国著名作家欧内斯特·海明威写过一个最短的故事，只有3个词：

童鞋，待售，未穿。

我们的脑海中是否立刻闪现出这样的画面：也许，一个家庭刚刚迎接新生儿的到来，但是孩子没有活下来，甚至年轻父母再有孩子的希望也很渺茫。伤心之处、伤心之时、伤心之事，他们卖掉孩子未曾穿过的童鞋，和痛苦告别，不忍怀念。每一个词如同投入水中的石子，让感知触发了画面，让画面穿透了眼睛，让悲伤在读者心中蔓延。

二是想到想不到。故事能够以最快的方式击中人们没有想到的方面是：乔布斯和百事可乐CEO斯卡利之间的对话——"你是愿意卖一辈子糖水，还是愿意和我一起改变世界？"见证了乔布斯惊人的沟通能力，更是瞬间让人打开想象力。"卖糖水"和"改变世界"之间巨大的落差产生了排山倒海的力量，这种意外和震撼让人无法抗拒，直击人心，令人跃跃欲试，不做不休。

三是做成做不成。扑面而来的信息、事实、报表并不一定能够促成行动或决策，因为我们的大脑过载，需要解压。有一次，一家公司的合伙人商讨股权分配的事宜，吵成一团，大家对各自的利益毫不松口，各不相让，领导一筹莫展。这时一位资深顾问开口道，"大家累了，先休息一下，顺便听我讲个故事，放松放松，然后再讨论怎么办，可以吗？"已经吵得筋疲力尽的众人也只好勉为其难地听他说下去。

一个老和尚带着小和尚下山化缘，天色将晚，行至村口的他们饥肠辘辘，无奈化缘没有收获，囊中空空。

小和尚忧愁地说，"师父，咱们身上一个铜子都没有，也没化到什么吃的，人生地不熟，天也快黑了，怎么办呢？"老和尚不急不慌地说，"徒儿，去支一口锅，师父给你煮一锅世上最鲜美的汤。"

一老一小在村头河边支起了一口大锅，加满水，挑了三块大大圆润的鹅卵石放在锅里，添柴点火，开始煮一锅"世上最鲜美的汤"。

村中闲人和好事者逐渐围观过来，看着一老一小忙乎着煮着一锅热气腾腾的"世上最鲜美的汤"，有些人忍不住也想尝尝这从未见过的石头汤，于是提了要求。老和尚问，"你们平时做汤都放些什么呢？"一个穷人说，"我家徒四壁，只有点盐巴。"一个笨人说，"我家自留地里有点葱。"……老和尚说，"你们就拿点盐巴、葱花来吧，我让你们尝两碗世上最鲜美的汤。"一听到一点盐巴、两棵小葱就能喝到两碗珍稀美味的汤，两个人忙不迭地回家拿盐取葱，加了料的石头汤开始溢出香味，围观的人越来越多了……。

越来越多的人围在锅边，想尝汤的门槛也越来越高，得拿一棵白菜或一块豆腐，抑或一勺香油，方可以尝到一碗汤。

大家纷纷拿出家中的"佐料"，希望尝到"世上最鲜美的汤"，而石头汤的香气也愈加浓郁，飘遍了村庄……

村中的财主也闻到浓浓香气，听到人声鼎沸，禁不住美味和好奇心的诱惑，也拿出家中的榛蘑、笋干和饱腹的食材来换一口汤。

夜色正酣、月光皎洁，"最鲜美的石头汤"出锅了。每个人按照参与的先后顺序各自喝了从未尝过的美味，那份心满意足的幸福感久久弥漫在整个村庄……

老和尚用智慧创造了"各尽所能、各取所需"的共享机制，集大家之力做成一锅美味，营造了其乐融融的氛围。

顾问讲完了，大家的表情像调色盘一样，有理解和认同，也有些许汗颜。最后，领导先做出表率，其他人也承诺了自己的投入。终于，股权设计的工作得以进行下去。

故事让我们看见自己、看见彼此，让我们思考有深度、富有想象力。故事有推进努力和改变的力量，它让我们在面对困难时不是大谈道理，而是以另一种情节促进理解、促进共识、促进行动。

请你想想看，不仅是针对讲故事，在各个领域，我们是否都渴望自己具备这样的能力：看见别人看不见的机会、愿景、希望，甚至是危机；想到之前想不到的深刻洞察、全局统揽、综合思考；做成他人做不成的难题，决策有力、行动果敢。故事不过是以更为浓缩的方式包含了这些核心组件，助力我们思考当下，塑造未来。

3. 故事思维的真实案例

故事的力量在我身上也曾带来过看见自己、想到意义、做成事情的神奇效果。

那是我在美国一所文理学院做语言与文化学者期间发生的一件事，它对我的人生产生了重要影响。

当时我受邀给一所黑人社区的学校介绍中国文化。那个学校的名声一般，学生调皮捣蛋的居多，在很多人眼中他们基本属于"无可救药"的一群人，我当时也有点类似的想法。校长找到我，希望我去做演讲，我多少有点不情愿，觉得自己讲，意义都不大。校长察觉了我的小心思，他没有点透，而是对我说："我的学生有不少问题。也许将来，可能有些男孩子的终结之地是'监狱'，女孩子甚至有可能成为'街边女郎'。但是作为学校，我们必须为他们提供配得上他们的教育，提供高质量的内容和陪伴。"听到此，我"腾"地面红耳赤，羞愧和感动的情绪交缠在心中，也表现在脸上。我倍感汗颜，但也深受感动，这30秒的话语对我是醍醐灌顶。于是，我放下一切繁重的工作任务，认真备课，欣然前往。

给孩子们演讲之后，我特意安排了一个在卡片上写毛笔字的环节，让他们带回去做个小礼物。当我问他们希望我写哪些汉字带回去时，孩子们的回答又给我好好地上了一课。没想到，男孩子们纷纷说，"写'勇士'，我要当勇士！""写'厉害'，我要变得厉害！""写'力量'，我要有力量！"女孩子们说，"写'公主''美丽''天使'"是啊，即便周遭环境困难，社会漠视，但他们依然对美好的事物满怀希望。校长更没有放弃努力，给孩子们尽可能提供各种开阔视野的机会，我还有什么理由拒绝和放弃呢？短短30秒的时间，他们给我上了一课，也让我坚定了一生的使命：以高质量的产品和陪伴，助力每个人成长，输出我们的力量。

这个故事发生在二十年前。校长当时的话语把我点燃，让我一路走来无怨无悔。他的话令我顿悟：看见自己的价值，想到之前自己从未审视过的意义，然后不断去"做成"培训、教育、引导的产品，输出陪伴和反馈。每当我懈怠摆烂或者焦虑迷茫时，我就会想想我做这些事情的意义和目的，校长和孩子们的话总会再次给我激励：是啊！还有多少所学校我可以去分享？还有多少个孩子我可以去陪伴？还有多少个企业我可以去帮助？还有多少个产品我可以去点亮？

▲ 第三节
故事思维是决胜未来的核心能力

故事能够点燃听众，是因为一个好的故事能够直指人心，这种能力背后的本源是故事思维。我们可以通过不断的实践和学习来培育故事思维，尤其是打磨和锤炼关键时刻能助力施展出秒级影响力的故事力量。

著名未来学家和趋势专家丹尼尔·平克开创性地指出：未来

属于那些拥有与众不同思维的人，故事思维就是其中的一种。他特别描绘了六大全新思维能力——设计感、娱乐感、意义感、故事力、交响力、共情力，即"三感三力"，只有具备这些能力，才能决胜于未来。

可以说，未来让人生存下去的不仅是食物，更是故事。故事让工作和生活津津有味。在信息爆炸和工作节奏越发快速的情况下，讲故事的能力不是可有可无而是不可或缺的。我们必须要发展自己的故事力，做生活的策划者。每个人都有故事，未来的时代需要我们每个人多讲好自己的故事，多倾听别人的故事，促进自己拥有全新思维的洞察力。

1. 故事思维能力的具体表现

多年来，我一直在教授系统思维和创新思考，我发现很多人在最终汇报方案时，难以描绘出未来的画面、愿景、价值和力量，导致决策者或投资人对他们缺乏信心和投资意愿。我们汇报时往往中规中矩地陈述事实和信息，但是事实和信息并不容易被记住。故事的力量则远大于事实。除了训练创新思维能力外，我还特别注意帮助人们提升表达力，把故事嵌入沟通交流、工作汇报、路演宣传、商业演讲、公司介绍等各个场景之中，使信息的传达更加生动传神。

我们不妨先从一个小练习开始。这是心理学家设计的一个产生瞬间亲和力的破冰活动，简称为"4S"：看一看（See）、笑一笑（Smile）、握一握（Shake）、聊一聊（Speak）。尤其是在握手的那一刻，我们实际上在进行一种连接和信息交换。有一种说法，触觉是感官之母，因为它会直达感知系统。讲故事也是这样，我们会在故事的表达中发挥触达的力量，触动印象、触动感知、触动心弦、触动行为。

故事思维的具体表现形式多种多样，无论是哪种形式，故事思维都能增强沟通的效果，有助于构建团队文化、激发创新和提升领导力。

人们用故事解释复杂概念，使听众更容易理解和记忆。比如，有一位工程师只说了一句话："我们做的是'海上华为，打造海洋信息高速路。'"这让我立刻理解了他们的业务类型。

领导者经常运用故事来激励团队。他们通过讲述历史上的关键时刻、成功案例或克服困难的故事，激发团队成员的归属感和使命感，让人们更加自发地投入工作。"宜将剩勇追穷寇，不可沽名学霸王"的谆谆教诲鼓舞了多少将领和士兵，激励他们勇往直前，把最后胜利的旗帜高高举起。

我们通过讲述真实客户的成功故事或使用产品的体验，可以增强潜在客户的信任感，促进业务合作。商学院就是用故事案例库积累了非常多场景化的内容，这远比讲枯燥的经济、管理、运营等商业内容更易让人理解，乐于接受。

我们用故事建立品牌形象，提升品牌知名度。比如，为了青少年的创新思维和系统思维的培养，我们专注于培养创新思维的公司，开始致力于推广"思考+"的品牌，让"思考+演讲、思考+作文、思考+阅读、思考+故事"的能力帮助孩子们成为擅思考、会表达的面向未来的国际精英人才。

在员工培训中，故事思维同样发挥着重要作用。通过讲述与工作内容相关的故事，可以帮助员工更好地理解公司文化、工作流程或职业道德，从而提高工作效率和团队凝聚力。从"老虎""孔雀""猫头鹰"的类比故事，到"唐僧、孙悟空、猪八戒、沙和尚"的团队组建和沟通的故事，再到合规故事、法务故事、财务故事，等等，不胜枚举。

在决策过程中，讲述过去类似情境下的故事可以帮助团队成员更好地理解当前问题的背景和可能的后果，从而做出更明智的决策。例如，团队决策中经典的"阿比林悖论"的故事，即：一群人采取的集体行动与成员个体的真正意愿相违背，最后，集体行动的后果与一开始设定的集体目标背道而驰。这个悖论出自管理专家杰瑞·哈维，他通过亲身经历的小故事，巧妙地洞察到决策产生的方式，让我们看到有些决策并非人们有意识地"做出的"。有一次，一位领导给团队讲了这个经典故事。

一个炎热的夏日，有一对得克萨斯夫妇及其父母家人在一起舒舒服服地玩骨牌。这时候玩牌的岳父说："我们去阿比林（53英里之外）吃个饭吧"。女儿说："听起来不错啊。"丈夫心里有些打小鼓，知道去阿比林路很远，天又热，为什么跑那么远去吃饭？可是他怕自己这么说显得不合群，于是说："我没问题，看你妈妈愿意不愿意了。"他的岳母说："我当然愿意了。我好久没去阿比林了。"于是大家沿着灰土四起的土路，挥汗如雨赶了过去。到了餐厅，发现食物很难吃。回到家，所有人都累坏了。其中一个人假客气说："还不错啊，是不是？"其他人终于爆发了：岳母说她其实想待在家里，可是看其余几个人都这么兴致高，就不想扫兴。丈夫也说他不想去，是为了取悦其他人才去的。妻子也说是怕其他人不高兴，所以才违心答应的。这时候老岳父说他哪里是真想去啊，是怕大家闷，随便提议一下的，心想大家一定反对，没想到大家兴致都那么高，他骑虎难下了。就这样，四个人都觉得自己是为了对方，舍弃自己的欲望，结果个个都不开心。

这个故事包含着三层含义：第一，我们会不自觉地产生行动焦虑，即担心自己的行动不能跟上思维或期望。

第二，我们常常发现自己会幻想采取正确的行动之后可能出现的种种灾难性后果，这些负面的幻想起到了非常重要的作用，它们会给我们一些坚定的理由拒绝采取那些应该采取的行动。

实际风险是人类存在的常态，是生活所给予的，我们所有的行动都有潜在的负面结果。

避免方法：首先，我们每个人都要评估，采取行动所伴随的实际风险和完全不采取行动所发生的问题；其次，我们每个人都要做出选择，是保持沉默，还是坚持我们自己的信仰和情感，而不是依附于他人的信仰和感受。

第三，我们需要的往往是在集体里大胆提出自己的观点，不一定什么新的信息或论据，只是提出整个集体已经不谋而合的想法就足够了。

此外，在项目汇报中，采用故事化的叙述方式可以让听众更容易跟随项目的进展，理解项目的挑战和成就。这样的方式往往更加吸引人，也更容易获得支持。乔布斯在产品发布会分享信息时就常常使用故事化的叙述，尤其是使用数据的类比。比如，他说："到现在为止，我们一共卖出了400万部苹果手机，这相当于我们每天卖出2万部，意味着每一分钟卖出14部手机。"如此震撼的数据让在场的观众无比赞叹，更视他为超级英雄。

当团队内部出现冲突时，故事思维也可以发挥作用。通过讲述双方共同经历过的成功合作或克服困难的故事，有助于缓解紧张气氛，促进双方的理解和合作。例如，《非暴力沟通》所提到的很多故事，都是以富有画面、充满情感、深入浅出的场景化方式介绍了化解暴力和冲突的方法。

故事通过情感价值，让表达触动心灵，让展望凸现愿景，让沟通提升效率。培养和发展故事思维能力，在我们面对未来、设计未来和创造未来的关键时刻都至关重要。

2. 故事思维的目的：见证输出的力量

若要问哪一件事情让我展现出来故事思维的力量，则非下面这件事莫属。

那是我在大学工作时完成的一次任务。当时我受学校指派，负责给部分领导干部培训英语，并担任教学组长。我主持的开学典礼刚刚结束，有的领导一听下午要向前几期一样分快慢班考试，就露出为难、畏难的情绪。我多少听到了他们的顾虑和担心，比如，有人说，如果分到了慢班，还学下去吗？是否考虑这期先不上，回去补补课，等水平差不多再来上？我想："项目还没正式开始，就有人想打退堂鼓？这怎么行！"但是我马上意识到，其实之前分班的安排并没有关注到领导们的心理诉求。如果被贴上了"慢班"的标签，他们感到的是尴尬和压力。"不行！"我心想，"我一定要留住他们，而且一个都不能少！"于是趁着午饭时，我给大家讲了一个故事：

"我特别喜欢一个美国诗人的故事。她叫艾伦·斯图尔吉斯·胡珀，是一位超验主义女诗人，年纪轻轻却身患肺结核，虽然知道自己时日不多，但她仍然渴望让生命绽放，于是她拼命写诗。这是她写的一首诗中我最喜欢的两句，送给大家：

I slept and dreamed that life was beauty. 我睡着了，梦见生命那么美丽；

I awoke and found that life was duty.　我醒过来，发现生命就是责任。"

我接着说，"这次我们不分快、慢班，咱们有两个组：一个叫'责任组（Duty 组）'，一个叫'优化组（Beauty 组）'，由你们自选。如果您是为了完成集体的使命和责任，那您可以加入'责任组（Duty 组）'；如果您认为自己英语还可以，目的是为了提升和优化，那可以加入'优化组（Beauty 组）'。"

我话音刚落，领导们立刻哈哈大笑，继而掌声不断，我期待的效果立竿见影。他们的表情瞬间放松下来，心态平和了，情绪得到了安抚，信心也提振起来了。后来证明，这一期是所有项目参与方，包括学员、学校和组织方反馈最好、学习效果最好的一期。这些领导学员在繁重的工作和学习压力下，108天里没有一个人离开，更没有一个人缺勤，最后全体学员用流利的英文向领导汇报演讲，并顺利毕业，还有人之后前往哈佛大学肯尼迪管理学院继续学习。你看，通过让生命绽放的两句诗和一个小故事，我先深度理解了他们的需求，与他们建立了连接，洞察了他们的情感变化，找到了创新的办法，从而快速有效地解决问题。

这次经历给我一个正向反馈，让我体会到，一个好故事在交流中能够激发深刻的感染力，让彼此共情，让心与心连接。它能够促进沟通，甚至化解危机，带来改变。

这是我的故事，也是我的顿悟。故事生成我们，我们成就故事，故事思维能力成为决胜未来的核心能力。

故事思维是一种不可或缺的能力，它帮助我们更好地理解世界、表达自我，并与他人有效沟通。通过培养故事思维，我们可以让生活变得更加丰富多彩、充满趣味和意义。无论是在工作中还是在生活中，我们都努力发掘和培养自己的故事思维能力吧！因为每一个人都有成为优秀故事讲述者的潜力，只待我们去挖掘和释放。当我们学会用故事的方式去思考和表达时，我们就掌握了通往成功和幸福的一把金钥匙，而这把钥匙，就藏在每个人的内心深处，等待我们去发现和珍惜。让这把钥匙在沟通交流、双赢谈判、营销推广、文化宣导、路演呈现中打开我们的头脑和心灵，让故事思维能力把我们打造成一位"首席故事官"。

◆━━━━━━━━━〈 小结： 〉━━━━━━━━━◆

　　这一章概括了什么是故事，什么是好故事以及故事背后的思维能力及要素。故事思维是决胜未来的核心能力，我们有必要成长为一名"首席故事官"，为自己、为组织，为当下、为未来讲好故事。

小练习：寻找首席故事官

一、想一想

1. 对照本章所分享的故事思维的核心，反思自己在故事思维方面的特点，明确今后可以提升的具体方向。

2. 回忆你是否被一个故事深深触动过，每当想起它你就感到无比振奋和鼓舞。

二、讲一讲

1. 分享一个关于自己的小故事：那是一个充满挑战和成长的时刻，面对困难你没有放弃，而是勇敢迎接挑战并最终取得了成功。这个故事不仅是你个人成长的见证，也希望它能激励人们在面对困难时保持勇气和信心。

2. 接下来，讲述一个你听过的非常感人的故事，一个关于爱与奉献的故事。这个故事深深打动了你，让你更加珍惜和感恩身边的亲情与爱情。

3. 最后，在有限的时间内，分享一个关于你或一个产品的完整故事。这个故事将从背景开始讲起，介绍你或者团队如何克服重重困难、精益求精，最终获得了成功。

第二章
为什么要讲故事——故事的意义和价值

要想成真，先要逼真。

在美剧《权力的游戏》终章，编剧巧妙地借角色之口道出了故事的力量："当我深思我们那充满残酷的历史时，我思索着，是什么将民众紧紧团结在一起？是军队的铁血、金钱的诱惑，还是飘扬的旗帜？不，是故事。在这世上，没有什么能比一个好故事更具力量。"

人类文明因故事得以延续，文明的基石就在于我们独特的虚构能力，这种能力使我们能够编织出各种故事，产生愿景，因为人们更愿意相信故事而非冰冷的事实。正是故事，让我们得以超越血缘和氏族的界限，携手合作，构建起一个个想象的共同体。在生存竞争的残酷舞台上，这些共同体让我们战胜了其他动物，成为这个世界的主宰。这种深植于我们基因中的优势，使得我们至今仍然更容易被情感所打动，而非被事实所说服。因此，成功的秘诀或许就在于：少些空洞的说教，多些引人入胜的故事。让我们努力成为优秀的讲述者，将故事讲到人们的心坎里去。

◢ 第一节
推动人类社会文明进程：最早的故事

1. 故事促进思维的形成和进化

美洲霍皮族人的格言是：会讲故事的人掌控世界。

远古时代，原始人狩猎耕作了一天，大家晚上围绕着篝火，听着一个个"英雄"栩栩如生地描绘他们的经历，以故事做今日总结，以故事为明天预告。

有人打趣说，存在没有汽车的社会，但不存在不讲故事的社会。《故事魔力》这本书的作者丽萨·克龙是美国加州大学洛杉矶分校写作项目的讲师，纽约华纳兄弟电影公司、洛杉矶威秀电影公司等多家机构的故事顾问，她在书中写道："最初，我们的祖先仅能通过动作、手势、面部表情或简单的声音来进行交流。然而，随着语言的诞生，讲故事的方式出现了，它成为一种强大的力量，能够说服人们去接受他们原本不认同的事物。这是因为故事具有与人们的'经验'产生共鸣的神奇能力。故事的力量是如此巨大，甚至关乎我们的生存。否则，我们的祖先如何能够说服部落里的成员去使用火苗，而不是见到火就恐惧逃跑呢？"

这可能是故事最早的起源，更是人类社会的珍贵历史，它承载着文化的延续、历史的记录、智慧的传递以及价值观的塑造。世界各个文明和文化都有其独特的故事传统，共同构成了一部跨越时空的故事集锦。无论是中国的寓言、希腊的神话，还是印度的史诗，它们都以自己独特的方式，讲述了人类的历史和文化。

自古以来，故事一直都是人类文化中不可或缺的一部分。从古老的传说、神话，到现代的小说、电影，故事以各种形式渗透到我们的日常生活中，与我们紧密相连。故事是人类认知世界的桥梁，是我们理解和解释这个复杂世界的重要工具。通过故事，人类能够将庞大复杂的现实简化为易于理解的元素，从而构建我们对世界的认知。宗教故事中的创世神话帮助我们探索宇宙的起源，理解人类存在的意义；历史故事则让我们从过去的事件中汲取经验和教训，为我们指明前行的道路。故事以生动的形式展现抽象的概念和复杂的事件，使之变得具象且易懂。故事在人类思维发展和认知过程中起着至关重要的作用，它允许我们在有限的认知能力范围内，把握更为广阔和深刻的世界。

正如神经科学家安东尼奥·达马西奥在《笛卡尔的错误情绪、推理和大脑》一书中所深刻指出的："思想的核心，实则由意象所构筑。"这些意象不仅触发了我们的思考，更在深层次上点燃了我们的情感火花。事实上，是感觉引领了思想，而非思想催生了感觉。因此，若缺乏一个引人入胜的意象来聚焦我们的注意力，思考便会失去其对象，领悟事物的深层意义更是无从谈起。

积极心理学家及社会心理学家乔纳森·海特在其著作《象与骑象人：幸福的假设》中亦表达了类似观点。他强调，人类的大脑更善于处理故事而非纯粹的逻辑，因为故事为我们的经历注入了意义，帮助我们在其中探寻"我是谁"的终极答案。

沿着语言、意象、思考、感受、意义、情感的链条，我们发现了人类与其他动物最显著的区别之一——讲故事的能力。这种能力不仅丰富了我们的精神世界，更赋予了人类生活以深远的意义和价值。

再次回顾《人类简史：从动物到上帝》中提出的"想象的共同体"与"主观互联"概念，我们不难发现，这种"想象"或"讨论虚构事物"的能力在人类社会中占据了举足轻重的地位。正是凭借这种"虚构"的力量，人类得以开展大规模的合作，从而开启了辉煌的文明篇章。而讲故事，无疑是将这种"虚构的想象共同体"推向了巅峰。

耶鲁大学经济学教授、诺贝尔奖得主罗伯特·希勒精辟地总结道："人们都是故事的俘虏。故事以其独有的魅力，牢牢地俘获了我们的心灵。"

2. 世界属于会讲故事的人

我的同事讲过一个故事：

一位丈夫为了省钱，自制生日贺卡。他抓耳挠腮、挖空心思，在空白纸上居然写下了妻子的 112 个优点，写了满满两大张纸。丈夫最后怕妻子嫌弃他华而不实，又加了一句调侃的话："冒着生命危险写下你的 112 个优点，请笑纳，感谢你订阅我一辈子。"

　　同事停顿了一下，我们赶紧好奇地问，"后来呢？""妻子有啥反应？揍他了吗？跪搓板了吗？这么虚头巴脑的。"

　　"后来呀……"同事卖着关子，"妻子收到了这份独特的'贺卡'，非但没有嗤之以鼻，更没有嫌弃丈夫耍嘴皮子，而是扑进丈夫怀里，泣不成声。"同事乜斜了我们一眼，还不忘补一刀，"咱们有这样的丈夫吗？"

　　故事对人类的意义和价值是多方面的，它不仅是我们认知世界的桥梁、激发情感共鸣的媒介、文化传承的载体，还能揭示历史发展脉络，并在人类道德伦理的构建中发挥积极作用。未来随着科技的不断发展和人类生活方式的变革，故事的形式和传播途径可能会更加多样化，但其内在的价值和意义永恒不变。

　　吸引我们的事物给我们带来的利益确实高于我们付出的代价，因为它向我们提供了有用的信息，从而满足了我们的内在需求。在我们遇到不可避免的冲突时，这些信息能够帮助我们解决燃眉之急。当我们急迫地问道"坏了，现在我该怎么办？"时，这些信息能告诉我们答案。因此，故事总是围绕着不可避免的冲突缓缓展开。从进化学的角度而言，故事的目的就是解决冲突，无论是眼下的冲突，还是未来可能出现的冲突。显而易见，如果没有核心冲突，你就没有故事，也就没有相应的受众。

　　未来，故事更是一个巨大市场中可以打磨出的产品。美国的"storyquest"网站上发表了一个研究结果：78%的大型企业营销主管认为内容营销是职业发展的未来，三分之二的品牌营销人员认为内容营销比多数广告更加有效，这是一个不容忽视的重要现象。没人喜欢被商品广告打扰，但没人不爱听好故事。当下，企业能讲好故事便拥有了一大优势。

这个调研数据显示，在商业中，涉及到内容营销的领域占到全部 GDP 的 25%，相当于万亿美元的体量。况且，人工智能开始崛起的时代，故事的靶心更要瞄准心灵。我们要把人与人之间，甚至人与物之间建立起高感性的联系。

世界属于会讲故事的人，随着人们越来越依赖现代科技，我认为这句话越发应验了。无论是商人、企业雇员还是领导，其中最优秀的人也应该是那些故事讲得最好的人。

▌ 第二节
聚焦有限的注意力：靠故事走心

1. 你讲的内容能"活"多久？

随着信息爆炸，注意力流失，故事将成为我们的社交货币，因为我们能够通过故事"买到"别人的注意力。"专注"在英语里有一种说法叫"支付注意力"（pay attention），这里的"支付"其实是一个非常恰当的比喻。从生物学角度来说，我们集中注意力必须消耗能量。

没错，注意力是这个时代的奢侈品，也是我们宝贵的资源。从 2000 年到 2013 年，比尔·盖茨研究基金会在加拿大进行了一项面向 4000 人的追踪研究。结果发现，不论年龄、性别，人类的持续注意力从 2000 年的平均 12 秒降至 2013 年的 8 秒，甚至连一只金鱼都不如——假如金鱼要是对什么感兴趣的话，眼睛能盯住 9 秒钟的时间。如今，我们每天都被海量的信息所包围，不论是刷短视频还是听汇报，信息越多，人们越不容易专注。因此，在沟通交流时，如何首先抓住听众的注意力就显得尤为重要。只有成功吸引了他们的注意，我们才有机会传递更深层的信息，产生更广泛的影响。

然而，注意力需要"支付"，而故事是支付的"货币"。心理学和其他领域的大量研究表明，无论事实如何包装，故事都比事实强大，甚至强大几个数量级。在劝说、激励、沟通信息、吸引眼球、获取曝光度、激活社交媒体、创造公众的广泛参与等诸多方面，故事都优于事实，实际上是远超事实。斯坦福大学商学院教授詹妮弗·艾克在她的课程"用故事讲创新"和著作《蜻蜓效应》中都介绍过，在一些情况下，我们只能记住 1%~10% 的事实，而故事比事实难忘 22 倍。

人们关注我们的注意力有多久意味着我们所讲的内容能"活"多久。你需要一个伟大的想法，同时你也需要一个精彩的故事。好的故事占据了我们的记忆，引发了我们的直觉，激发了我们的气质，鼓舞着我们的心灵，激荡着我们的情感，带来了彼此的联结。

用故事去吸引注意、增强记忆、促进理解、建立情感联结、激发创新思维更加高效有力。麦肯锡公司训练顾问的 30 秒和 60 秒的"电梯演讲"，本质上也是用最短时间获得人们的专注，快速打动听众，争取更多深入交流的机会。

　　我们参加的各种会议和讨论无非也是希望获得他人的关注和
倾听，从而更好地交流与探讨。美国的 TED（Technology 技术、
Entertainment 娱乐、Design 设计）大会演讲平台要求演讲者必须
在 8 到 18 分钟内把任何复杂的主题讲清楚，不论是哲学、大脑、
灵魂、生命的缘起，还是黑洞、发动机、幸福或教育等主题。据
说这是在向马丁·路德·金致敬。1963 年 8 月 28 日，这位美国
黑人民权运动领袖在华盛顿林肯纪念堂前面向 25 万人发表了纪
念性演讲，时长 17 分 56 秒。他把世间如此宏大的叙事，如，平
等、爱和梦想，在 18 分钟内分享得酣畅淋漓，让人感到振聋发
聩、热血沸腾，产生的历史记忆和鼓舞经久不衰。

　　现在，轮到我们了。在有限的时间内，我们能否用故事将一
个复杂问题讲述得明白而深刻？这既是对我们的挑战，也是对我
们故事讲述能力的检验。

2. 听众的注意力曲线

　　在美国求学时，我有幸上过一门"公众演说"课。老师生动
地描绘了听众注意力与时间轴的关系，那道起伏的曲线，给我留
下了深刻的印象，如图 2-1 所示。

　　在这幅图上，横轴是时长，纵轴是保持专注度的听众比例。
我们看到，一个 40 分钟的演讲，一开始有 75% 左右的听众能保
持专注，在 5 到 6 分钟后达到峰值。随后，人们的注意力快速下
降，到了 35 分钟左右，坠落至低谷，只有不到四分之一的人保

持专注。演讲结束前，人们终于又"醒"过来一小会，专注的比
例会略有回升。

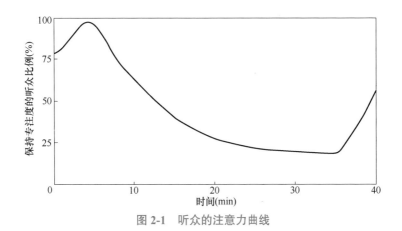

图 2-1　听众的注意力曲线

　　听众居然在 5、6 分钟后就开始分神溜号！那我们如何在一
开始就能吸引住他们？如何在之后的一段时间始终留住他们的注
意力？如何才能阻止注意力曲线陡峭下滑？

　　为何人们的注意力会如此迅速地消散？著名投资人、英语教
师李笑来做过精辟分享。原来，高度集中的注意力对大脑而言是
一项极为耗能的活动，它需要大脑多个区域协同作战，产生集中
的化学反应和物理放电。然而，人的体力毕竟有限，这便决定了
我们注意力的上限。

　　从印刷术的普及到电子媒介的兴起，再到互联网吞噬整个世
界的过程中，媒体逐渐统治了我们的世界。我们的注意力被各路
人马争相抢夺，变得愈发稀缺。如今的经济系统似乎更适合被称
为"注意力经济"，而非传统的"商品经济"。

移动互联网自 2010 年前后崛起以来，在短短不到十年的时间里便大幅降低了人类的注意广度，一天 16 个小时的清醒时间里，我们竟然会拿起手机至少 500 次……

人类的大脑经过几十万年的漫长进化才成为今天这般模样，其超级可塑性原本是我们在这漫长岁月中进化出的绝对优势。然而，今天，智能设备成为新的人体器官，媒体统治的"注意力经济"时代已经到来，大脑的可塑性却变成了一种极其危险的功能。它既可以被塑造得更好，也更容易被彻底破坏。

关于"注意力和专注力"的研究结果对我们讲故事有哪些启发？我们是否可以根据注意力曲线为自己的故事谱个曲？

3. 赤裸裸的事实和故事的包装

广告大师吉姆·西诺雷利所著的《认同感——用故事包装事实的艺术》一书对讲故事和讲事实的对比也给出了答案。

这本书的封面上描绘着一匹白马，马身上裹着的一条条斑纹让它变成斑斓精致的斑马。

这个比喻想说明什么？

"赤裸裸"的事实让人感到尴尬而单调，而增加的故事色彩让我们体验到装扮后的变化。所以，乏味而灰白的内容需要用色彩斑斓的故事去包装，这样才能获得更大的影响力和认同感。

还有这样的一幅画面：一屋子人一个接一个做工作汇报，讲的人滔滔不绝，听众有的昏昏欲睡、有的左顾右盼、有的低头不语、有的心不在焉，大家都迷茫地看着满屏的幻灯片，听着海量信息。他们真的听进去了吗？

这是《演说之禅》前言里揭露的一个秘密：你或许觉得95%的工作汇报都是"灾难"。错！其实——99%都是"灾难"。为什么会这样？因为太多信息充斥其中，听众根本应接不暇。

数字以及海量的信息会引导人们进入逻辑的线性思考，而大脑需要慢下来陷入沉思，对事实、信息以及数据进行解压。可是，我们还没有完全加工和理解好之前的信息，后面的信息又扑面而来。久而久之，大脑会陷入低落和疲倦，继而失去兴致。所以如果我们没能很快赢得听众的信任，让分享的内容产生共鸣，创造想象，听众往往会觉得不知所云，云里雾里。

故事则不同，它有情绪价值，以感性的方式调动认知。情感不是逻辑或者线性的，它会调动大脑兴奋的节奏。故事描述的经历，带来的画面感会引发大脑的同步和共情，能快速让人们产生对事物的想象，让信息更容易被理解，或者被"看见"，这才是讲故事的目的。

4. 情感触动促进行动

故事特别具有打动情感的力量，正所谓"心动所以行动"，情感的触动往往是我们行动的源泉。著名领导力学者刘澜在领导力故事的两大要素中同样引用了乔纳森·海特在《象与骑象人："幸福的假设"》一书中的例子，生动地展示了理智与情感的冲突，以及情感在驱动行为改变中的关键作用。

　　海特举了一个发生在自己身上的例子。他在研究生学习阶段读过一本书。书里有一个观点：大规模畜牧养殖对动物来说是不道德的，因为最后它们都要被宰杀，为人类提供食物。海特完全被这本书说服，非常认同这样的观点，但他发现自己虽然在道德上反对，可是在行为上并没有做出任何改变，他还是很喜欢吃肉。

　　后来有一天，他看到了一段屠宰场宰杀动物的影片。他说："当我看到成群的牛走向滴着鲜血的肢解传送带，先是受到重击，然后被钩子勾起，最后被切成一片又一片，我内心的恐惧达到最高点。"看完影片之后，他彻底变成了一个素食主义者。

　　你看，尽管海特理性上被说服了，但是并没有影响到他的行为；只有当情感被打动之后，他才彻底改变了行动。

　　情感能够在大脑中快速打造通感体验，而故事就是触发情感的最好方式。晓之以理不如动之以情。马丁·路德·金著名的演讲"我有一个梦想"就是擅用一系列的排比句把听众的情绪一次又一次推向高峰。他激昂地说道："我梦想有一天，在佐治亚的红山上，昔日奴隶的儿子将能够和昔日奴隶主的儿子坐在一起，共叙兄弟情谊。我梦想有一天，在密西西比州，这样正义匿迹、压迫成风、如同沙漠一般的地方，也将变成自由和正义的绿洲。我梦想有一天，我的四个孩子将在不以他们的肤色、而以他们品德的优劣来评价他们的国度里生活。"

　　所以好故事是有标准的，这个标准就是每个人的人生要求和标准。一个好故事能够探讨普遍性的人生体验，发掘共通的情感，让人们通过故事发现自我，体验人性的光芒。

第三节
打动说服他人：用故事调动大脑系统

1. 故事的科学依据

人类专注度下降、注意力耗散迅速、事实和信息过载、情绪价值更能促进行动，这些研究和发现都支持我们要多用故事去更好地沟通和交流。这与我们如何更好地调动大脑的系统密不可分。

在《销售脑：如何按下消费者大脑中的"购买按钮"》一书中，帕特里克·任瓦茨深入探讨了如何迅速且有效地与我们自身及他人的大脑进行沟通。他从生命发育进化的独特视角出发，提出了一个引人注目的三脑理论，揭示了人脑如何响应外部信息刺激。

这一理论将大脑划分为三个关键部分：新脑、间脑和旧脑。新脑，作为理性的思考者，负责处理逻辑和分析数据；间脑则是情感的感知者，处理我们的情感和直觉反应；而旧脑，扮演着决策者的角色，它接收来自大脑其他部分和神经系统的信息，并据此做出决策。在这个模型中，赢得旧脑的青睐成为沟通的关键。

如今，我们身处的环境充满了挑战：短视频对我们的轰炸，读书学习活动的碎片化，都对我们传统的培训、引导和教育方式提出了严峻的挑战。然而，故事的力量为我们提供了一种有效的应对策略。参考脑科学和神经科学的研究成果，我们可以精心设计故事的精髓，充分演绎故事的力量，以吸引并触动旧脑。

旧脑到底喜欢什么？研究发现，它偏爱以下六个方面的信息：

（1）与自身相关的信息：旧脑对与自身直接相关的信息保持高度敏感，相反会自动屏蔽与己无关的信息。

（2）对比鲜明的信息：对比性强的信息能迅速吸引旧脑的注意并促使其做出决策；缺乏对比则可能导致决策延迟或无法决策。

（3）具体而明确的信息：旧脑倾向于简单、直观的具体观点，而非复杂的书面文字。例如，"24小时内修复"这样的具体承诺更能引起它的兴趣。

（4）开头和结尾的信息：旧脑往往只关注故事的开头和结尾，而忽略中间部分。这与我们观看电影时只记得开头和结尾的现象不谋而合。

（5）视觉刺激：由于视觉神经与旧脑直接相连，且反应速度远快于听觉神经，旧脑对视觉刺激极为敏感，能在极短时间内做出反应。

（6）情感触发：与旧脑讲道理往往行不通，因为它更容易被情感所触动。情感在旧脑系统中具有更深远的历史渊源，存留时间更长，交流起来更为直接。

　　了解旧脑的这些喜好后，我们可以将六种刺激元素巧妙结合，以迅速有效地触动旧脑，提升我们的沟通交流能力。与其长篇大论，不如让知识或信息以生动的画面呈现，先与旧脑进行直观的对话，让其快速接受并引发深度思考和逻辑分析。

　　讲好故事能带来立竿见影的效果。大量科学研究表明，故事的影响力远胜于单纯的信息交流。单纯的道理往往难以激发人们的行动，而故事却能与旧脑产生更深远、更持久的共鸣。因此，在沟通中运用故事，将更有助于我们触动他人的心灵并引发共鸣。

2. 故事能让听众的大脑和演讲者同步，赢得认同和信任

　　故事的科学依据在另外一个层面也得到了印证。在《像 TED 一样演讲：打造世界顶级演讲的 9 个秘诀》一书中，研究者深入剖析了 TED 平台上 500 场最受欢迎的演讲视频，并与成功人士、顶尖的神经学家、心理学家及沟通专家进行了深入的对话，从中提炼出了实现有效沟通的 9 大秘诀，其中之一便是"故事的力量"。

　　研究发现，当一个人在讲述故事时，听众的大脑竟会在一定程度上与演讲者的大脑形成镜像般的同步。通过功能性核磁共振成像（fMRI）技术，科学家们观察到，随着故事的展开，讲故事者和听故事者的大脑中相同区域会相继活跃起来。当故事情感高涨时，演讲者大脑中负责情感的"岛叶"区域变得活跃，而听众

的"岛叶"也会随之响应。同样地，当演讲者大脑中负责理性决策的"前额叶"区域活跃时，听众的"前额叶"也会有所反应。

这种神奇的同步现象表明，故事能够迅速激活我们大脑中负责情感和社交的区域，使听众在脑海中形成与演讲者相似的连接和图像，因此故事成为一种强大的工具，让演讲者与听众在情感和思维上实现高度共鸣。当演讲者用故事来表达自己的情感和观点时，听众更容易与演讲者站在同一立场上。这种"人同此心，心同此理"的感受正是故事的力量所在。故事能够让听众的大脑与演讲者同步，从而不自觉地赞同和支持演讲者的观点。因此，一个好故事能够牢牢掌控听众的思维，赢得认同和信任。

3. 故事中的力量源泉

作为一种重要的传播手段，故事的力量在于快速占领心智，获得关注，以情感调动，进而说服听众。从故事能够说服他人角度，我们不妨参考一下传播学鼻祖亚里士多德的一个理论。他说，要想说服别人，我们需要提供三种手段。

第一个叫"Ethos"，代表个人信用。听众凭什么要听"我"说？因为我取得过的成绩，我拥有的专家头衔。这就是后面我在故事思维导航图中所提到的——为什么是我讲？为什么讲给你听？

第二个叫"Logos"，代表逻辑，就是要有理论推理和证据支持，比如提供各种有画面感的数据、事实、观点，以及它们所关联的意义与价值。这就是我在故事思维导航图中设计的——为什么讲这个故事？

第三个叫"Pathos"，代表感情和同情心，这是故事中情感的作用。亚里士多德认为，三种说服手段中，最有力的就是Pathos——晓之以理不如动之以情。高手说服别人，一定要善于使用情感。尤其是热情，它使人成为主宰。如果缺乏热烈的情感，我们讲的东西就会变得索然无味。问问我们自己：热情是什么？它不是一时的兴趣或爱好，而一定是有意义的东西，它是个性的核心。真正让我们充满热情的东西才可以成为故事的主题，因为只有它才能真正地感染观众。

4. 用故事来演绎而不是告知信息

二十多年来，我一直讲授商务演讲课程，也颇为得心应手。但近年来，这类课程已是一片红海翻腾，竞争愈发激烈，"卷"得不行。我是面向企业培训的实战派，所以一直思索如何能够脱颖而出，如何以创新的内容打开新的局面。

上了二十多年的课，我看到学员们的期望也千差万别。有的人是为了设计精美的幻灯片，有的人是为了能够克服紧张，有的人是为了幽默或有感染力。但细想起来，我讲的都是商务演讲的方法和技巧，中规中矩地分享事实和信息，似乎缺少了故事的导入和激发。于是，上课过程中，有的学员就用脚投票，开溜了。

这种局面让我陷入了深深的困惑与挣扎。我该如何打破这种僵局呢？

也许有一个办法可以帮助我、帮助学员——引入故事，增强演讲的影响力和感染力。

那之后，我曾在一家公司做过两场"打造首席故事官"的分享，上午的一场面向各部门员工；下午的一场专门面向研发团队。我没有再像往常那样传授知识、信息或技巧，而是准备了一系列与他们息息相关的故事。结果令人振奋，故事不仅深深打动了他们，也重新点燃了我对演讲培训的激情。我深刻地意识到，故事可以为传统的演讲训练注入新的活力，使之焕发新生。

我还记得刚从国外回来时被这家公司的合规部邀请去授课的场景。授课之前我要通过公司领导的面试。当时部门的负责人是一位人高马大的美国人，光头锃亮。他知道我是学翻译的就问我，他们公司的名字翻译得怎么样。我实话实说，就是人名的音译，但是听起来像"快死了"。这让他受了刺激，进而对我说："老师，你要对我的人狠一些，再狠一些，要逼他们一下，不能超越过去，我们就真的快死了！"这位领导的名字我早已忘记，但是，"超越"两字却深深烙在我心里。多年来，我一直在思考新的实践：如何重新定义培训？如何重新定义演讲培训？如何超越已有的方法？如果不去超越，那可真就"快死了"。

事实也证明了我的想法。现在，一家全球最大的电商公司已经颠覆了我们对于PPT工作演讲和汇报的传统认知。他们不再让与会者被动地听讲和观看幻灯片，而是先让大家默读六页文稿，然后再进行提问与回答的交流环节，这种方式极大地提升了汇报和会议的效率。同样地，一家独角兽公司推出的"飞书"文档也在改变着常规的幻灯片演讲模式——所有人可以在线同时查看文档内容，然后再进行交流讨论，这种新颖的方式让信息沟通变得更加高效和便捷。

因此，我坚信只有将故事融入演讲中，让学员们通过真实的案例和生动的情节去感受、去体验，才能真正打动他们的心弦，激发他们的共鸣。让故事来演绎思想，而非仅仅告知信息，这将是我未来演讲培训的新方向。

故事在当今时代显得尤为重要。在转型与变革的时代，专注度日益稀缺，故事成为我们连接世界、拥抱未来的纽带。澳大利亚未来学家彼得·伊利亚德深刻地指出："如果我们今天不能生活在未来，那么未来我们将生活在过去。"而故事，正是我们跨越时空、沟通现在与未来的桥梁。

因此，让我们珍视每一个故事，用心去讲述、去倾听。在这个纷繁复杂的世界里，让故事成为我们心灵的慰藉，指引我们前行。通过故事，我们可以触动他人的心灵，激发他们的共鸣。故事的力量，就在于它能够以情感人、以理服人，让人们在共鸣中共同成长。

人类用想象力创造了对世界的理解，以想象力作为语言进行沟通和交流，而故事就是最具画面感和激发想象力的方式。故事为我们发力，点燃听众激情，营造更加交互和启发的氛围。故事的意义在于更加紧密地连接听众，它不是在告知说教而是在移情对照，让情感流淌，帮助人们理解和思考。故事的表现力、感染力、影响力要比只陈述事实更有效果，也更能让听众呼应。故事调动情感，更容易打动人，越形象越有画面感就越能打动人，讲的故事越贴近我们，越有代入感，也越能打动人，因为故事让我们见自己、见众生、见天地。

◀ 小结 ▶

这一章分享了为什么要讲故事，故事的意义和价值，如何获得人们有限的专注度和注意力，如何以故事调动情感，以及如何以故事快速连接，让大脑同步，产生共鸣。故事可以丰富演讲的层次，在更多场景中打动说服他人。

小练习：寻找首席故事官

一、想一想

1. 根据本章关于故事调动情感的讨论，你脑海中浮现的故事是什么？哪些是重要的东西？哪些往往是看不见而需要用心灵去感受的本质？

2. 回想一下，对你影响最深的故事是什么？它为什么具有如此强大的力量？

二、讲一讲

1. 分享两个故事：一个是关于一个年轻人追求梦想的故事，另一个是关于一个企业家创业的故事。这两个故事虽然都是关于努力和成功，但它们的讲述方式却截然不同。第一个故事更注重情感的渲染和人物的内心变化，让人感受到年轻人追求梦想的艰辛和不易；而第二个故事则更注重事实的陈述和数据的展示，让人看到企业家创业的艰辛和成果。通过比较这两个故事，我们可以发现不同的讲述方式可以带来不同的听众体验。

2. 尝试把一个著名的历史故事、人物故事、品牌故事重新讲述一遍，注意突出故事的画面感和情感的触发。同时考虑时间限制，比如：1分钟、5分钟、8分钟、18分钟。

第三章
设计你的故事之心

没有灵魂的故事终将走向平庸。

怎么讲好故事？

我们不禁会想到美国神话学家约瑟夫·坎贝尔的《千面英雄》中所提出的"英雄之旅"，这一经典的故事结构被无数编剧奉为宝典。然而，在快节奏的今天，我们是否可以对这一传统结构进行创新，更快地捕获听众的注意力？

我的故事曲线更像是一个特工007的故事。

想象一下：

帅气英俊的特工007在沙滩上享受着雪茄和阳光，一个个浪头打来……

突然，不知哪里冲突显现，劫机、爆炸，恐怖袭击令很多人受伤。他临危受命，赶往现场。

又发生了什么？我很好奇。嘘！接着看。一会是他遇到了金发碧眼女郎，一会儿是他遇到了貌美如花的蛇蝎美人，一会儿飙车，一会儿救人，一会儿是巷战，一会儿是毒杀，一幕幕令人喘不过气的惊险和刺激场面接踵而至，令人目不暇接。最后，正义终于战胜了邪恶，特工007英雄凯旋。

又是在沙滩上，碧海蓝天，特工007和搭档惬意地享受着休闲时光。

也许这样的节奏才符合今天的速度，能抓住观众分秒失散的注意力。

那么，如何安排信息才能获取听众或观众的专注呢？我认为，关键在于不断创新，进一步打造一条极简而高效的故事曲线。这条曲线需要关注三个重要节点：时间、能量和节奏。为此，我尝试用创新的方式重构了故事的训练和引导，串接起故事之心、故事之线和故事之旅的一粒粒珍珠，然后把一个完整的故事链条呈现在听众和观众的面前。

首先，从时间轴来看，听众的注意力是有限的。因此，故事一开始就需要用钩子吸引住他们，让他们产生强烈的兴趣。这个钩子可以是一个悬念、一个冲突或者一个引人入胜的场景。

其次，时间的背后其实是能量管理。随着故事的展开，听众的专注力会逐渐衰减。因此，我们需要用故事的价值与听众进行互动，不断激发他们的兴趣和情感共鸣，可以通过设置情节转折、塑造鲜明的人物形象或者传递深刻的主题思想来实现。

最后，节奏是故事曲线的关键因素。一个好的故事不可能一直保持一个高峰的状态，而是需要有起伏和节奏感。在故事的情节发展中，我们需要设置事件的细节和发展过程，让听众经历挑战和困境，最后迎来胜利的喜悦。这种节奏感不仅可以让故事更加生动有趣，还可以让听众在情感上得到更大的满足。

为了更好地理解和应用这条故事曲线，我打造了一个故事思维导航图，称之为"以故事连接（www.story.link）"，如图 3-1 所示。通过这个结构，我们可以更简洁地认识故事的本质，串接故事的要素，理解故事的意义。同时，它也可以作为我们讲好故事的指导工具，帮助我们在创作过程中更好地把握时间、能量和节奏这三个关键要素。

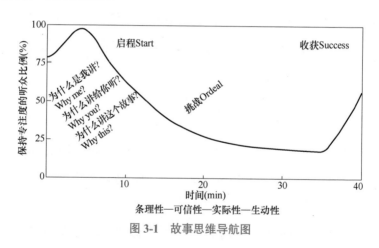

图 3-1　故事思维导航图

www 代表着三个关键问题："为什么是我讲？（Why me ？）为什么讲给你听？（Why you ？）为什么讲这个故事？（Why this ？）。"这些问题将引导我们深入挖掘故事的价值和意义。

Story 指的是故事结构模型："SOS"故事生成器，即，"启程 -

挑战 - 收获"（Start—Ordeal—Success）。这个模型让故事见证我们如何因困难而伟大，因挑战而成长。

Link 指的是讲故事的方法。在这张导航图的底部是条理性—可信性—实际性—生动性，这是一个好故事应具备的四大特性，是高手在演绎故事时都会用到的一套行为技巧。我们在讲故事的时候参照使用，就能迅速向高手看齐，不断提升自己的故事表达能力。

根据多年的培训和观察，我发现高手讲故事，一定会体现出这幅图上所涵盖的故事思维的要素。于是，我希望以简化和创新的方法把它们组合在这张导航图上，帮助你在思考故事、设计故事、生成故事和演绎故事的过程中找到方向和灵感，快速提升讲故事的能力。

第一节
为什么是我讲

1. 黄金圈法则：故事从"为什么"开始

对于许多人来说，著名领导力专家西蒙·斯涅克提出的"黄金圈"法则或许并不陌生。他在深入研究众多领导者的演讲后，发现了一个有趣的现象：我们的大脑在处理信息时，最核心的区域是思考"为什么（Why）"，越往外围的区域，则更多地涉及"怎么做（How）"和"做什么（What）"的问题。

这一发现对于沟通来说意义重大。它告诉我们，如果想要让我们的信息更具针对性、更能触动人心，我们就需要从最本质的"为什么"开始。

故事，作为一种古老而有效的沟通方式，其目的正是为了连接。而要实现这种连接，我们同样需要从"为什么"出发。为什么是我来讲这个故事？为什么是你来听这个故事？为什么我们要讲这个故事？这一系列的"为什么"就像一个个钩子，挑起听众的好奇心，让他们的心从一开始就紧跟着故事的节奏跳动。

因此，当我们准备讲述一个故事时，不妨先花些时间思考这些"为什么"。只有当我们明确了自己的目的和动机，才能够讲出一个真正有意义、能够触动人心的故事。而这正是"黄金圈"法则给予我们的重要启示：用"为什么"排成一个个钩子，挑起听众的好奇，让听众的心从一开始就跟着故事的节奏一起跳动。

2. 跨年演讲的开篇启示

那是 2023 年 12 月 31 日，我有幸受邀参加了逻辑思维创始人罗振宇老师的跨年演讲北京分会场活动。因为曾在"得到高研院"分享过六顶思考帽的技术，我荣幸地被安排在第一排，和老师同学们比邻而坐。

晚上 8:30，灯光聚焦在罗老师身上，他准时开启了第九个跨年演讲。然而出人意料的是，开场没过两分钟，罗老师便向观众抛出了一连串问题："在这个跨年时刻，你们为什么要听一个年近半百的中年男人在这里叨唠四个小时呢？跨年演讲究竟有什么用处？站在台上的我，对你们来说又能起到什么作用呢？"

罗老师开始讲述起一段往事。他回忆起当年在中国传媒大学求学时听到的一个段子，而我们则屏息凝神，期待着他揭开谜底，带我们一同探寻跨年演讲的意义所在。

话说，电视系的一位同学，有一次要交一份电视纪录片的作业。但是他拖到最后一天下午，什么也没干。要知道，做一条片子，要拍，要写，要编，工作量很大的。

那他怎么交作业呢？

最后一天下午，他借了摄像机，打开镜头盖，开机，拖着摄像机在学校的草丛里、树荫下走了一圈。也没有编辑，原始素材一刀没剪，就把这条片子交上去了。

据说，这份作业得到了老师疯狂的表扬。为什么呢？因为他给这条片子取了一个名字——《狗眼看世界》。

这个段子听起来荒诞，但是对我后来的工作启发巨大。

它告诉我，虽然世界还是那个世界，但只要肯换角度，哪怕只是镜头的位置稍微低一点，总能发现一些惊喜。

这可能就是跨年演讲和我，对你的用处吧。

这个世界上总有一些对你非常有用的事情，但它们藏在各个角落里，不作声，也没有流量。你也需要有人帮你换个"狗眼看世界"的视角，帮你找到它们。

今年，我就用这种"寻回犬"的精神来准备这场跨年演讲。

就像这只金毛，到草丛里、泥坑边、树荫下、视野外，四处寻找。

一旦发现自己觉得有价值的东西，就咬住不放地叼起它，四蹄翻飞地跑回来，气喘吁吁地给你看。

作为一条寻回犬，我为什么相信这些东西对你有价值？

因为人间不过就是那些难题，每个难题都绝不止一个答案，而那些真正有趣的答案，往往在你视野之外。

他的语气谦逊而自嘲，用一个"狗眼看世界"的故事引出了"为什么是我讲？"的话题，进而分享了跨年演讲的目的——以不同视角为大家解读这个世界和时代，为他心目中的知识君王做好参谋和咨询工作。

这个开场让我忍俊不禁。一位资深媒体人、公司管理者、终身学习者希望一如既往地以人点燃人的姿态，掏心掏肺地把自己的洞察传递给我们，让我们从中获益。

这个基调定得好，把观众地位抬高，把自己身段降低，激发了我对罗老师的感谢和感激之情，更不好意思去抨击或批判他，相反，会被他的故事所吸引。

我们都喜欢听故事，尤其是个人故事，因为每个人的故事都不同。那么，讲好一个故事的关键是个人故事对他人会有什么启发？所以我从"为什么是我讲？为什么讲给你听？为什么讲这个故事？"的提问式互动启动了一个故事之心，引发听众的好奇。

3. 人们都爱听个人故事——为什么是我讲

如何匠心独运地设计"为什么是我讲"的个人故事呢？我曾引导学员们进行过无数次深入的练习。其中，有一个特别的练习，要求学员在短短两分钟内，仅用六个字来概括自己的个人故事。这听起来似乎是个不可能完成的任务，但实际上，它有着深厚的背景与启发。

前面提及过一个最短的故事"。美国文学巨匠欧内斯特·海明威一次在酒吧喝多了，和朋友打赌，看谁能创作出一个最短的小故事还能打动人。结果，海明威的故事拔得头筹，因为它简洁至极又触发人们无限的感慨。他说，一家门口放着的鞋盒上写着3个词：

待售，童鞋，未穿。

短短六个字却蕴含了一幅深沉的画面和一个悲伤的故事。这样的故事高度浓缩而凝练，却像泡腾片一样，扔在我们人生感悟的杯子里，翻滚着涤荡起情感的涟漪。

我们能否从中汲取灵感，在1~2分钟之内用六个字讲出我们的故事呢？

有没有一个方法可以帮助我们？

有！

我有幸参加过一个学习活动，老师介绍过一个"你是谁"的游戏，很有威力，我想它可以把我们带入到一个深刻、走心的场景中。

4. 练习：你是谁

两人面对面坐着，保持友善的表情和目光对视。其中一个人在 5~7 分钟的时间里，当然可以延长，只问对方一个问题："你是谁？"问话的语气要温柔而坚定，不挑衅、不急躁、不评价，只是倾听、倾听、倾听。时间结束时，由自己或伙伴总结出令人印象深刻的 6 个字（或 3 个词）。

这个游戏的奇妙之处在于，它能够引发我们深度的自我反思，帮助我们更清晰地觉察和认识自己。我曾多次带领学员进行这个练习，他们分享的内容至今仍然历历在目。

一位公司的高级经理在给上级汇报工作的时候说道：

各位好，今天我代表部门来介绍这个项目。我想先用 3 个词介绍一下自己：儿子、猫、魔法乐园。我儿子有只猫，他俩天天叽叽咕咕的，说个不停。儿子说，妈妈有魔法，把家里弄得像个魔法乐园。我想说，我和项目组的同事们也像在一个魔法乐园里，大家开心工作，都把各自的魔法施展出来。那么接下来，希望您们能和我一起探索我们这个项目的魔力。

"你是谁"这个游戏之所以能够引发共鸣，是因为它带领我们踏上了一段深度反思的自我发现之旅。通过这个游戏，我们可以更清晰地认识自己，更准确地表达自己的故事，从而设计出更具吸引力和感染力的个人介绍。

那是 2022 年 2 月 9 日，经过一位朋友的引荐，我认识了 DT. School 中国区创始人，并准备辅导他设计和训练"设计人生的教练项目"。我想，怎么能够快速和他建立信任呢？

一开始，我请他和我演练了"你是谁"的游戏。他先问我，且在7分钟的时间里反复地只问这一个问题。之后我问他对我印象深刻的是什么？他说，"做一双隐形的翅膀，助力自己和他人高飞。"我非常感动，觉得他敏锐精准地抓住了我的定位和人生使命。

7分钟之后，轮到我问他了。我概括了对他印象深刻的感知。我说，"你要做一个'摆渡人'，为迷茫的、被卡住的、没有信心的、没有行动力的人，用在斯坦福大学经过14年实践检验并最受欢迎的选修课"设计人生"的方法论，把大家摆渡到有信心、有工具、有希望、有行动的人生的对岸，重启人生的航程。"他听了也很受鼓舞。于是我想做他的一双"隐形的翅膀"，支持他的能力发展；他想做一个"摆渡人"，支持更多的教练和学员们成长。

这样的合作让我们感到非常愉快，对彼此的助力很大。几年过去了，我还是他"隐形的翅膀"或者"副驾"，他也成为更多人生教练们的"摆渡人。"

很多人刚开始演练"你是谁"的游戏时往往坚持不了两分钟。这里需要双方的配合、启发、引导、坚毅，当然也有场域的设定。一方温柔而坚定地提问，另一方沉稳而详尽地回答，只有这样，交流才会更深入、更走心。

与其千篇一律，不如向内探索，找寻更有力量和价值的差异化。故事开篇的5秒、8秒、12秒、30秒、60秒、100秒，每一次开头，每一次沟通的设计和打磨其实都是一次英雄之旅。为了一两个字的精彩，经历上百次的推敲，我们就能看见更精彩的自己。

◢ 第二节
为什么讲给你听

1. 为什么讲给你听

我们再做一个小游戏吧：用你的两只手掌给我摆出一个汉字的"人"字。停！你看看，你给我摆的是一个"入"字吧？

简单的游戏，背后是深刻的道理：你给的和我得到的不一样。

因为你从你的角度出发，而我有我的视角。所以，行为上要改变，首先是意识改变或认知改变。从"我"到"你"的转变是从"我想说"到"你想听"，从讲故事的起点到目的地要有信息和信任的增量。如果认识不到这一点，就难以让听众"买单"。

不要总停留在"我"怎么样，而是要去服务听众，他们能获得什么。所以我们要快速从"我"的故事到对"你"的价值推进，促进彼此的连接。如果有太多的"我"，就仿佛陷入了佛家所说的"我执"，太执着自我的表达欲、自我的满足感、自我的推销，反而有可能引发他人的反感。听故事的意义是对听众有价值，那才是连接的纽带。

因此，我们要想一想，故事的核心听众是谁？如何培养对听众的服务意识？看一看，故事的核心要素是什么？如何能感知到他们所面临的困境？盘一盘，故事中有哪些核心信息？如何保证信息的增量，让听众感到眼前一亮？

我有过一次亲身经历，通过从"我"到"你"的视角转换，成功挽救了一段关系。

那是我学习做教练的时候，我们要尝试用问题去引发"案主"的思考。一众人坐在一位姑娘周围，听她说道，"我一直和男友的关系不太稳定。我一会想着是不是嫁给他得了，一会又想着不行，不能将就，这样的纠结让我内耗很大。请大家帮帮我。"

当时的训练要求是，每人问她一个问题，如果我们中有一个人的问题击中了她，那就停下来。

一位又一位的教练开始发问，

"你为什么觉得和男友的关系不稳定？"

"有什么具体原因吗？"

"有什么具体表现吗？"

"他是怎么对你的呢？"

……

轮到我了，我轻轻地问了她一句，"你好，我想问问，你为你的男友做过一件什么事情，让他感动过吗？"

只见她突然愣了一下，然后就哽咽起来，用手指着我说，

"嗯……你……你……你的问题击中我了，我从没想到过。"

其实，这一刻，她也击中了我。这是电光火石的一刻，让我们都认识到，从"我"到"你"的意义和力量。

下课后，这个姑娘专门找到我，来感谢我，说，"我真的没有意识到，自己往往从自我角度出发，总觉得男友给我做什么都理所当然，都习以为常了。可是今天您的问题让我觉察到，我凭什么对人家有要求？我自己对他又做过什么？谢谢你！"后来她改变了想法，对男友也是亲切呵护，结果他们的关系发展得越来越好。

以心换心，以心连心。

2. 核心话术

知道了角度转换的路径，我们还有必要练习核心的话术。查理·芒格说，提升最好的方法就是首先找到成功的方法，然后进行大量刻意训练。你可以分两步走：一是去找成功方法，二是大量练习。核心话术包括以下方法：

（1）定义故事的核心听众，有对听众的服务意识，从"说"到"听"；

（2）描述故事的核心要素，有可感知的困境分享，从"我"到"你"；

（3）分享故事的核心信息，有增量信息让人眼前一亮，从"A"到"B"。

具体而言，你可以尝试用这句话转换视角：

听完了我的故事，你能够＿＿＿＿＿＿。

因为如果通篇都在说"我、我、我"，那可就太以自我为中心了。要想转换角度，呼应听众的需求和期望，一个"简单粗暴"的方法就是在话语上调整，从"我"到"你"。

例如：一位财务人员进行分享。他的主题是：如何创建财务报告。我请他尝试了话术的转换，从"我"到"你"。

他说，"听完我讲的方法，你肯定能节省准备月报的时间，减少加班，这样就可以多陪陪家人了。"

将"我"弱化，将"你"强化，突显对听众的好处和价值。如果我们还能和听众具体的、个性化的利益关联起来，讲得更有针对性，听众就更乐意"买单"。

再如：一位工程师介绍如何提高质量控制。他分享的主题是：如何提高质量控制。我请他转换话术，从"我"到"你"。

他说，"嗨，伙伴们，听完我的介绍，保证你能学会如何在部门改进质量控制流程，减少次品，提高生产力，多拿奖金。"

看似是一个很小的话术转变，本质却是角度转变，以目标和价值去连接听众，放下"我"的身段，从听众"你"的角度出发，思考、建构、呈现，有的放矢，快速建立对象感。

请记住：提升＝成功方法 × 刻意训练

现在，我们来进行一次角色扮演，再深度体会一下视角转换的方法。

假设你是一家咨询公司的高级客户经理，需要向客户公司的高管团队汇报并助力他们进行决策。具体的情况是，这家新能源公司面临产能的瓶颈，他们需要论证是否上马一条新的生产线。你的任务是向公司高管团队汇报分析结果，助力他们进行决策。决策意味着，这家公司需要有一揽子的资金投入计划，购买设备、进行新生产线的安装调试，还有可能要裁掉旧生产线的员工或者为新生产线招聘人员。

现场的听众有公司的首席执行官、首席财务官、人力资源总监、市场总监、工厂厂长。

想想看，针对每一位听众的需求，你如何能够让他们感受到有针对性、差异化和具体化的关联？

（1）CEO，听完我的分析，您将能够＿＿＿＿＿＿（根据具体分析，带领您的团队进行决策。）

（2）CFO，听完我的介绍，您将能够＿＿＿＿＿＿（根据数据，进行投资回报比的估算，辅助 CEO 决策，提出建议。）

（3）人力资源总监，听完我的介绍，您将能够＿＿＿＿＿＿（根据劳动力成本等因素，结合招聘和培训等方面，配合决策。）

（4）工厂厂长，听完我的介绍，您将能够＿＿＿＿＿＿（了解产能并能够对预安装和试生产时的情况进行评估，了解您的权力和职务是否会受到影响，配合决策。）

（5）市场总监，听完我的介绍，您将能够＿＿＿＿＿＿（估算出未来的市场占有率及发展趋势，配合决策。）

在实际培训的过程中，我还会设定更多练习。设想一下，在这些场景中你会怎么做？

（1）用故事向一家公司的培训部门介绍你的课程产品。

听完我的分享，你 / 你们能够_____

（2）用故事向天使投资人介绍你的项目。

听完我的分享，你 / 你们能够_____

（3）用故事向客户展示方案、竞标。

听完我的展示，你 / 你们能够_____

（4）向公司领导申请资源。

听完我的项目介绍，你 / 你们能够_____

（5）向同事分享知识。

听完我的分享，你 / 你们能够_____

（6）向团队布置任务。

听完之后，你 / 你们能够_____

（7）在重要场合致辞。

听完我的演讲，希望你 / 你们能够_____

（8）接受采访，说明情况。

听完我的情况说明，希望你 / 你们能够_____

（9）产品发布会。

听完我的演讲，希望你 / 你们能够_____

（10）竞聘上岗。

听完我的竞聘演说，你 / 你们能够_____

这样讲故事、做汇报，让分享者和听众都能够感受到清晰的目标，知道你要把他们带到哪里去。一路下来，假如你提供的内容恰好满足听众预期所看、所听、所想，他们会更加的投入和专注。

◢ 第三节
为什么讲这个故事

1. 让故事连接价值：为什么讲这个故事

"那是 2012 年春节，大年初七，张一鸣在咖啡馆的餐巾纸上给投资人画他心中的产品原型。字节跳动在 3 月 12 号注册，SIG 公司在 2 月份就给了 A 轮的投资意向书，当年年底又追加了 100 万美金的 A+ 轮，给了 100 万美金的过桥贷款。"

这篇报道记录了字节跳动创始人张一鸣获得投资的故事。他寻求过很多投资人的帮助，但都无果而终。那一次，他在一张餐巾纸上的价值描述和思考却获得了海纳亚洲投资创投基金的青睐，使得"今日头条"成为海纳唯一的天使投资项目。为何投资今日头条？中间有哪些故事？

这个"餐巾纸上敲定的项目"讲述了一个获得投资的最有价值的故事。故事由投资人讲出来更是具有非凡的纪念意义。

2012 年大年初七，九九房 CEO 张一鸣约我见面。

我们约在距离他办公室很近的一家咖啡厅里。我到的时候，张一鸣穿着一件黑色羽绒服坐在角落的一个位子上。此前三个月，一鸣告诉我，他想在九九房之外再做点别的有意思的事情，抓住当时移动互联网的浪潮，但做什么，又没完全想好。

那天很冷，咖啡厅因为人少，连灯都没开。我现在还记得，当时一鸣用咖啡馆的一张餐巾纸，在纸上画线框图，跟我讲解他构想中的产品原型。

这张餐巾纸后来去哪了，我不记得了，一鸣也忘记了。反正，大体上就是现在今日头条的样子。

我觉得这事儿很新鲜，当即跟一鸣敲定，天使轮和 A 轮，海纳亚洲都会参与。

每次当我分享价值模型的设计时都会讲到这个故事。

故事的主人公，其中一位创办的公司是我有幸服务的客户，另一位是我荣幸地为他提供过"商务演讲"课程培训的投资人。这场看似平常的分享和会晤，却成为一次探索价值的完美交流。我对这两位主人公在故事中展现出的对新生事物的洞察和智慧深感敬佩。

这张餐巾纸上写的究竟是什么呢？从后来公开报道的内容看，可以归纳为两个方面：第一，为什么要做？第二，会遇到什么挑战？

张一鸣为何选择创办"今日头条"？他敏锐地捕捉到了移动互联网的崛起以及个性化数字媒体市场的巨大潜力。他渴望打造一个独创的个性化资讯搜索引擎，以技术为驱动，服务于广大用户。这样的产品将为用户带来行业领先的黏性和自然增长，同时也为利益相关者提供完善的多产品布局，覆盖移动终端和 PC 端。

然而，创业之路从非坦途。张一鸣在创办过程中会遇到哪些挑战？如何构思技术？首先在哪个平台上尝试？如何获得资本的支持？这些问题的解决无疑将助力产品的成长与壮大。

回顾整个构思和设计过程，张一鸣所展现出的核心力量是什么？是价值和意义。这也正是一个好故事所应具备的内核。

2. 输出价值模型

讲故事是人类最古老的能力，但讲好故事则需要创新的视角和方法。

为了更好地讲述和构思故事的价值与意义，我借助了一个创新思维工具——"X"模型。这个模型的本质在于：深度思考，向上拓展价值，向下应对阻碍。

后来，一些学员用它来做"一页纸"的故事分享和项目介绍、路演报告，发现这是一个梳理思路、呈现意义、点燃价值的实用工具。

价值设计的步骤如下（如图 3-2 所示）：

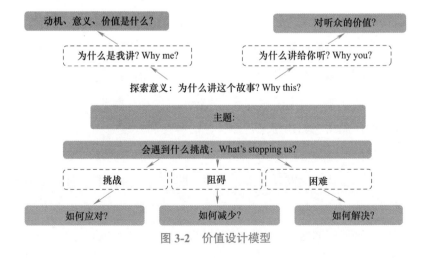

图 3-2　价值设计模型

第一步，将故事主题写在一张纸的中间；

第二步，在主题上方延伸出两个箭头，问问"为什么是我讲？为什么讲给你听？为什么讲这个故事？有什么意义和价值？"

第三步，在主题下方延伸出三个箭头，思考做这个事情、甚至讲这个事情可能遇到的阻碍因素，并寻求解决方案或反转点，树立对问题、对方向、对机会、对结果的信心。

我曾与众多领导交流，他们普遍反映下属在汇报工作时往往抓不住重点，缺乏价值的呈现。因此，我将这个模型命名为"X"模型。它既是一个"停止"的标志，提醒我们停下来整理思路；又像一个"叉"或门闩，象征着如果我们不能用价值和意义敲开听众的心门，那么后续的机会将会变得渺茫。

然而，在信息与决策环境不对称的情况下，如何打动听众的心？日本管理学大师大前研一建议我们在分享前将自己提升两个层级，从更高层领导的角度审视问题、思考困难、期待和计划。这样，我们的故事才能源于自身又超越自身。

"X"模型简洁而实用。它引导我们深入思考、探索主题对听众的价值所在，并启发我们总览可能面临的挑战与困难。许多学员反馈称，他们运用这个模型成功打造了自己的"故事之心"，并在工作汇报中展示了全局观，不仅让听众对内容有了整体把握，还能够让自己准确捕捉听众的兴趣点，从而更有针对性地展开后面的论述。

我们可以用价值模型复盘张一鸣创办"今日头条"的融资之

旅，看到这种思考方式的延展性和聚焦力，帮助我们全面思考问题、减少遗漏，并在讲述时更加自信与从容（如图 3-3 所示）。

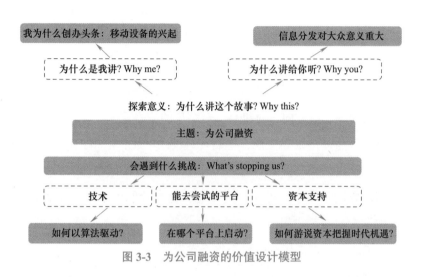

图 3-3   为公司融资的价值设计模型

3. 我的故事之心：打造首席故事官——用故事连接世界

我用"X"模型也建构了我对本书的价值思考。为什么是我写？为什么是你读？为什么写这个主题（如图 3-4 所示）？

在这个模型中，我确立了一个核心主题：打造首席故事官——用故事连接世界。这一主题承载着我对故事力量的深刻信仰，以及通过故事连接人与人的热切期望。

首先，我向上探索这一主题的意义。为什么是我来讲述这个故事？我的动机源于对故事价值的理解，以及运用讲故事的方法将这一价值呈现给读者的渴望。我希望通过我的叙述，引导读者发现故事背后的深层含义，感受到故事所蕴含的强大力量。

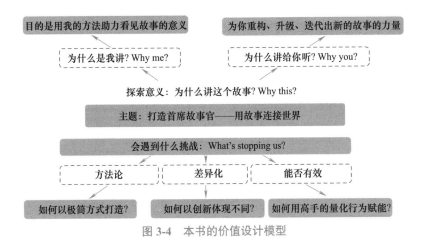

图 3-4　本书的价值设计模型

　　同时，我也思考为什么这个故事会让你们产生共鸣？我坚信，你们每一个人都拥有重构、升级和迭代故事的创新力量。这种力量潜藏在我们的内心深处，只需稍加激发和引导，便能绽放出耀眼的光芒。因此，我的故事不仅仅是为了传递信息，更是为了唤醒你们内心深处的力量，共同创造更加美好的故事世界。

　　然而，在向下思考的过程中，我也意识到了面临的挑战。首先，人们可能会质疑我的方法是否行之有效，是否具有独特性。为了回应这些疑虑，我将自己的故事方法论定位为"极简而深入"。这种方法论既注重故事的简洁明了，又追求故事的深度与内涵，旨在帮助读者更好地理解和应用故事的力量。

其次，人们可能会怀疑我的方法是否与众不同，是否具有差
异化。对此，我坚信我的差异化在于运用创新设计来讲述故事。
通过融入创新元素和设计思维，我能够让故事更加生动有趣、引
人入胜，从而给读者带来全新的阅读体验。

最后，人们还会关注这本书能否为他们带来实际的成果。为
了证明我的方法论的有效性，我将运用一套高手的行为技巧为读
者赋能。这些技巧将帮助读者快速提高讲故事的能力，让他们更
加自信地运用故事来连接人与世界。

为了确保我始终专注于这一思路的输出，我将这张图悬挂在
书桌前，时刻提醒自己要坚守初心，用故事连接每一个需要被听
见的声音。

4. 分析一场经典发布会的故事之心

2008 年乔布斯在苹果"轻薄"——MacBook Air 笔记本电脑
发布会上做了一次酣畅淋漓的故事演讲。对这个例子的分析和点
评不胜枚举，但是我依然想从价值模型的角度尝试着分析他的演
讲设计和华彩呈现。

我用了"X 模型"对他的产品发布会的设计思路进行了复盘
梳理（如图 3-5 所示）。

此次盛会的核心焦点，正是苹果旗下的璀璨新品——
MacBook Air 笔记本电脑。为什么讲这个主题？因为这不仅仅是
一场产品的展示，更是一次科技与艺术的交融，一次对未来无限
可能的探索。

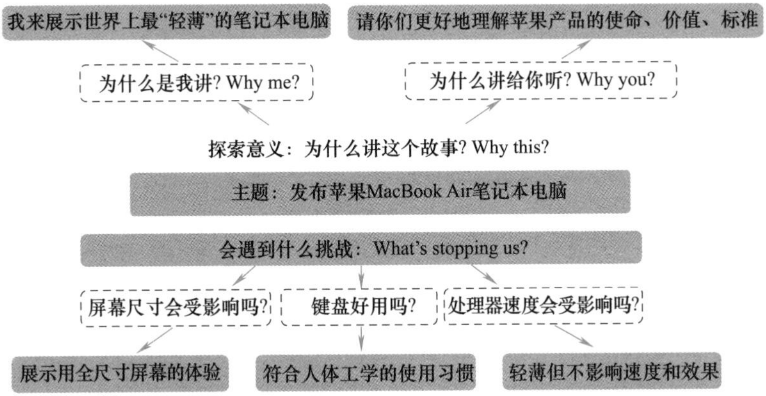

图 3-5　发布苹果 MacBook Air 笔记本电脑的价值设计模型

从乔布斯的角度，他分享了"为什么是我讲"？因为"我"怀揣着雄心壮志，希望向世界呈现最轻薄、最精湛的电脑杰作。MacBook Air 不仅代表了苹果对极致工艺的追求，更体现了苹果公司对用户体验的深刻洞察。

从为听众服务的角度，他展开演说"为什么讲给你听？"通过这次发布，希望"你们"能更深刻地理解苹果公司的理念和使命：始终引领科技潮流，为用户创造无与伦比的产品体验，这是对大家的意义和价值，当然，"轻薄"的设计并非易事，在追求极致轻、薄的路上，"我们"面临着诸多挑战，关于屏幕，"我们"深知全尺寸屏幕对于用户体验的重要性，因此，尽管机身轻薄，MacBook Air 依然配备了令人惊艳的全尺寸屏幕，确保用户在使用过程中获得最佳的视觉享受。

此外，乔布斯的演说中还提到其他替用户考虑的方面，这些都值得"你们"听：键盘的舒适度同样是苹果公司关注的重点。

"我们"精心设计了符合人体工学的键盘布局，让每一次敲击都如行云流水般自然顺畅，"我们"相信，这样的设计将让用户在文字输入时感受到前所未有的舒适与高效。至于性能，轻薄并不意味着牺牲。MacBook Air 搭载了强大的处理器，确保在保持轻薄身材的同时，依然能够为用户提供快速、高效的工作与娱乐体验。与竞品相比，它无疑是一款极具竞争力的产品。

在这场发布会中，乔布斯用他的智慧和魅力为观众们呈现了一场精彩绝伦的演说。他精心策划的每一个环节都充满了对"为什么是我讲？为什么讲给你听？为什么讲这个故事？"的深度思考。这些细腻入微的设计不仅体现了乔布斯对产品的热爱与执着，更展现了他对用户体验的极致追求。

总体来说，MacBook Air 不仅是一款电脑产品，更是苹果公司对科技与艺术的完美诠释。乔布斯通过这样的价值和意义的分享，让观众充满了热情和信心，使观众对 MacBook Air 带来前所未有的使用体验充满期待。

如果把乔布斯的发布会从时间轴、能量、节奏的角度来分析，我们还可以进一步看到极致而专业的设计思路（见表 3-1）。

表 3-1　2008 年 "MacBook Air 笔记本电脑发布" 主题演讲时间、
　　　　设计思路及内容输出详细分析

时间进度	设计思路	内容输出
5″~15″	为什么讲这个主题？	空气中有一丝 "轻薄" 的味道。 是什么呢？ 苹果公司生产过这个星球上最棒的产品：MacBook，MacPro，这是苹果作为行业标准的代表。

（续）

时间进度	设计思路	内容输出
23″	对听众的呼应	今天，我来介绍第三个苹果笔记本电脑的产品。MacBook Air——世界上最薄的电脑。
3′25″~4′20″	价值分享	对于索尼的 TZ 品牌，虽然我们找到它最好的地方，但是我们发现它依然做出了妥协。它牺牲了：屏幕大小、重量、键盘大小、处理器。 对比苹果的 MacBook Air：最厚的地方比竞品最薄的地方还薄。 拥有全尺寸屏幕和键盘同时厚度最薄。 没有突出的钩子，不会挂住衣服。
结束	再次总结价值	MacBook Air，世界上最薄的电脑，和 MacBook、MacBook Pro 组成了最好的电脑旗舰。

　　甚至在演讲稿的一字一句里，观众们都能感受到他以目的、意义、价值启动的设计呈现。

　　首先，他说，"欢迎大家，很高兴你们能来。我有一些'好玩'的东西要展示给你们（为什么是我讲？）。大家知道，今天是关于'笔记本电脑'的发布。"

　　会场一片安静，乔布斯走上台，喝了一口矿泉水。他缓步来到台中央，徐徐说道："这一天，我已经期待了两年六个月。"话音刚落，会场响起一片掌声与欢呼声。

　　接着他以"为什么讲给你听？"分享了发布会的目标。他说，听完我介绍苹果的革命性产品，你们将感知到苹果的产品如何改变了世界，并且相信自己值得拥有这个改变世界的产品，入局改变。

　　然后是核心，以"为什么讲这个故事？"分享价值。为什么做这件事？面对一个和一系列革命性产品的意义在哪里？这个产品对于苹果公司的意义是什么？对于行业有何意义？解决了哪些困难？会遇到什么阻力？如何攻克这一个个挑战？

之后，乔布斯继续说道："每隔一段时间，就会有一个革命性的产品出现，然后改变一切。然而，一个人一生能参与一件革命性产品就已经足够幸运了，而苹果公司和我非常幸运，能够在过去的日子里向大家介绍这样几种革命性的产品。"

乔布斯细数着苹果之前取得的成就，比如1984年研发的麦金托什电脑，2001年发布的第一台苹果音乐播放器（iPod）。每介绍一种产品，会场上都响起热烈的掌声与欢呼声。

最后是花絮和采访关键技术人员的录像。整个发布会就像电影大片一样展示了一种霸气——苹果公司不会保留，只会全力以赴让每一款产品充满创意和想象力。

乔布斯好似篝火，一次又一次点燃现场的热烈气氛。他邀请大家欣赏他们用心设计的产品，分享着好似艺术品的产品，从拆开的信封里拿出一张A4纸大小的电脑——每一个节点的设计都把听众的注意力牢牢拴住。

5. 如何快速设计你的故事之心

到目前为止，你可以把故事之心的www要素组合起来，思考如何启动一个故事的开篇。

你不妨从暖场开始，先和听众打招呼，用3个词介绍自己的故事。

接着，在1~2分钟之内分享你的目标。你可以用这句话分享：
听完我的故事，您将能够_____，以此突出对听众的服务意
识和诚意。多说"你"，少说"我"。

下面的3~6分钟的时间，你可以用"X"模型突出你所讲的
主题的价值、意义。比如说一说对听众（客户、行业、领域、公
司、组织、部门，甚至个人）的价值。再讲一讲和这个主题有关
的可能会遇到的阻碍因素及解决方案。这么做的核心是让听众有
一种获得感。

之后要再次强调主题、目标、价值，把听众的体验推向一个
峰值，然后起承转合，准备进入到故事细节的分享和介绍中。

根据时间和听众的注意力曲线，你可以好好设计故事的开
始，着重把他们的注意力牢牢抓住，之后再配合具体的内容和表
达方式，给自己的故事谱个曲。

一次，我辅导一位公司高管担任行业论坛的主持，他立刻用
上了这个方法。他说：

各位来宾你们好，我是×××，今天特别荣幸从主讲人成为
主持人。（为什么是我讲？）

今天我们的主题是：（目标）如何向下一代传承财富？你怎
么看？靠攒钱还是靠赚钱呢？（为什么讲给你听？）

大家想知道吗，为什么犹太人的人均财富高于华人？（为
什么讲这个故事？） 今天，为了更好地回答这一个个面向未来
投资和财富积累中我们不能回避的问题（价值），我有幸请到了
×××——他是一位理财模型的开发者，是一位数学算法的设计

师，还是 ××× 委办的专家组组长，这个单子太长，罗列不完。
下面，让我们以热烈的掌声和开放的心灵欢迎 ××× 和我们分
享，把满满的答案带回去！

后来他告诉我，上场前他仅用了一两分钟的时间，参考了价
值模型的设计思路，快速梳理了主持人话术和关键内容，这让他
感到讲话时有方向、有关键词、有重点，一点也不慌乱。他和我
分享了他的思考过程（如图 3-6 所示）。

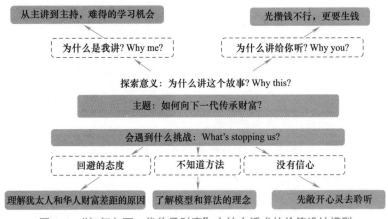

图 3-6　"如何向下一代传承财富"主持人话术的价值设计模型

以"为什么"启动是直接和大脑深处交流，从"我"到
"你"是体现服务听众的意识，再联系深入人心的价值模型，这
样的故事之心让故事注入热血喷涌的力量，给听众带去火力满满
的能量，让他们的心和故事一起跳动鸣唱。

电影《史蒂夫·乔布斯》中有一个场景是这样的，乔布斯和
搭档斯蒂夫·沃兹尼亚克为一个问题争论不休。沃兹尼亚克质问

乔布斯："你不是工程师，不是做产品的，也不是程序员，那你到底是干什么的？为什么你在这里？"乔布斯说："我是指挥乐队的。"

"为什么"能引发思考，更会带来有力的回响和答案。

小结：

这一章提示我们要以"为什么"去引发听众的好奇心，并以"为什么是我讲？为什么讲给你听？为什么讲这个故事？（3W）"和价值设计模型为设计故事提供思路，打造一个故事之心。

小练习：寻找首席故事官

一、想一想

1. 根据"为什么是我讲？为什么讲给你听？为什么讲这个故事？"的方法设计你的故事开篇。

2. "梦想、挫折、坚持、成长、共鸣、启迪"这六个词涵盖了一个人从拥有梦想开始，经历挫折后坚持不懈，最终获得成长的故事过程。使用本章分享的价值模型来打造你的故事。首先，明确故事的核心目的，即传递一种积极向上的精神和面对困难不放弃的态度。其次，明确故事的价值，即希望通过这个故事激励和鼓舞更多的人。让人们相信，只要有梦想并为之努力，就一定能够克服困难，实现自我价值。接下来，客观地分析可能遇到的挑战和困难，以及如何克服它们。

二、讲一讲

1. 在2分钟内用最令人印象深刻的6个字讲出你的一个故事。比如，"追梦，无畏挫折"，这六个字简洁而有力地概括了，你追逐梦想过程中面对挫折依然勇往直前的经历。

2. 使用价值模型的模板，讲出如下故事：

目的：传递坚持与勇气的重要性。

动机：希望通过我的经历激励他人。

意义：让人们明白，在追梦路上，挫折只是暂时的，坚持才是通向成功的关键。

遇到的挑战和困难：在追梦过程中，你遭遇了诸多困难和挑战，如资源匮乏、技能不足、竞争激烈等，这些困难一度让你陷入迷茫和失落。

如何克服：通过不断学习提升自己、寻求他人的帮助和支持，以及不断调整策略和方法，你逐渐克服了这些困难。每一次的失败你都更加坚定自己的信念和目标，也更加珍惜那些来之不易的机遇和成果，最终实现了自己的梦想，并成为一个能够激励和帮助他人的人。希望这个故事能够给听众带来力量和勇气，让他们相信自己也能够克服一切困难，实现自己的梦想。

第四章
启动故事之线

让故事简单而深入，生动而有力。

第一节
从"英雄之旅"到"SOS"故事模型：打造极简有力的叙事节奏

故事，这一人类文化中最古老、最富有魅力的沟通形式，始终以其独特的方式吸引着我们的心灵。从远古的篝火旁到现代的荧幕前，故事一直是人类传递情感、智慧和经验的重要载体。如今，通过深入挖掘"为什么"和价值模型，我们得以重新点燃故事的内心之火，引发听众的无限好奇，紧紧抓住他们的注意力。然而，仅仅依靠这些还不足以构建一个引人入胜的故事，我们还需要设计一个好的故事线，有情节、有冲突、有角色、有转折、有收获，这样才能让听众的注意力不至于流失。

　　而几乎在任何故事技巧训练的主题上都绕不过去的一座令人仰望的高山，那就是"英雄之旅"——出自美国比较神话学作家约瑟夫·坎贝尔的巨作《千面英雄》。这个概念一经提出便风靡全球，尤其在好莱坞，更是成为导演和编剧打造故事的经典依据。

　　坎贝尔深入剖析了英雄的成长之旅，他指出这一过程主要包含以下关键阶段：

　　首先是启程，这是英雄背井离乡、踏入未知领域的开始。他们必须舍弃旧有的安稳生活，勇敢面对前方的种种未知与困难。

　　其次是启蒙阶段，英雄在这一过程中获得某种重要的领悟或启示，这些领悟往往以象征性的方式呈现，成为他们后续冒险旅程中的关键指引。

　　再次是考验阶段，英雄会面临种种艰险与困境，他们必须与命运展开殊死搏斗，证明自己的勇气与智慧。这一阶段的经历往往最为惊心动魄，也是对英雄意志和能力的最大考验。

　　最后，经过种种磨难与历练，英雄终于归来。他们带着在旅程中获得的智慧和力量，重新回到原本的生活圈层。这时的他们，已经不再是出发时的那个自己，而是经历了深刻转变、拥有了更高境界的新英雄。

　　坎贝尔的这一"英雄之旅"理论，是基于他对世界各国神话传说故事的深入研究得出的。他发现，无论是哪个国家、哪个时代的故事，其中的英雄角色都会经历这样一系列相似的成长历程。坎贝尔为我们打造的一个完整而深刻的"英雄之旅"模型包括 12 个关键阶段，如图 4-1 所示。

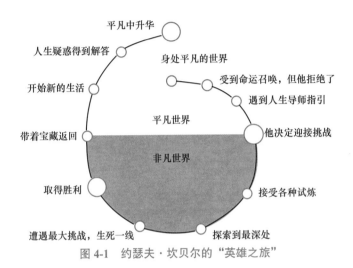

图 4-1　约瑟夫·坎贝尔的"英雄之旅"

在《故事力》一书中，作者描绘了"英雄之旅"的精简版，包括 7 个关键阶段，如图 4-2 所示。

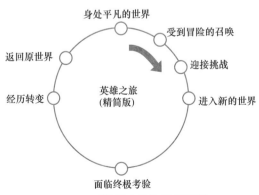

图 4-2　"英雄之旅"的精简版

在深入探索故事叙述的过程中，我们发现，无论是神话传说中的英雄历险，还是现实生活中的演讲汇报，其本质都是从提出问题到解决问题的过程。这一过程精彩与否，往往取决于故事线的设计和讲述者的技巧。受到坎贝尔"英雄之旅"的启发，我尝试从创新思维的角度，希望打造一条更为简化而有力的故事线。

我把这条故事线命名为"SOS"模型，寓意着在危机时刻呼唤英雄，转危为安，取得成功，如图 4-3 所示。

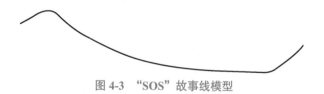

Start: 启程　　　　Ordeal: 挑战　　　　　Success: 收获
开启事件；　　　描述冲突：　　　　　分享结果及感受；
增添细节；　　　And……But……Therefore　于是……(Therefore)
那是……(And)　　但是……(But)

图 4-3　"SOS"故事线模型

"SOS"故事线包含三个核心要素：启程（Start）、挑战（Ordeal）、收获（Success），这三个要素环环相扣，共同构成了一个简约完整、引人入胜、起伏跌宕的故事。

首先，启程是故事的开端，它需要有一个引发听众共鸣的事件或细节。这个细节应该能够触发听众的情感反应，让他们对故事的主人公产生共鸣和关注。通过生动的描写和细腻的情感渲染，我们可以将听众带入一个全新的世界，为后续的冒险旅程做好铺垫。

其次是挑战阶段。在这一阶段，故事的主人公会遇到各种考验和冲突，这些冲突不仅推动了故事的发展，也塑造了主人公的性格和成长环境。通过令人震惊的数据、感人至深的发现等元素，我们可以让故事更加丰满和引人入胜。同时，主人公在经历这些挑战的过程中，也会获得某种重要的领悟或启示，这些领悟将成为他们后续行动的关键指引。

最后是收获阶段。在这一阶段，故事的主人公将经历一次深刻的转变，并收获宝贵的成果或经验。这个成果可以是物质上的成功，也可以是精神上的成长和领悟。即使是一个讲述失败的故事，也应该能够带给听众某种启发或思考，让他们从中汲取经验和教训。通过激动人心的成果呼应或触发情感的方式，我们可以让故事的结尾更加有力量和感染力。

"SOS"故事模型提醒我们，讲述故事时，要始终抓住本质，快速解决问题，收获结果。这样的叙事节奏不仅能够让故事更加紧凑，也能够让听众更容易理解和接受我们的观点和信息。同时，为了让故事更具张力，我们还需要让故事的曲线足够陡峭，即使在有限的篇幅和时间内也要尽可能地展现出起伏和转折。

具体来说，我们可以通过设计精心的情节、塑造鲜明的角色、运用修辞手法等方式来实现这一目的。例如，在情节设计上，我们可以设置悬念和反转来增强故事的吸引力；在角色塑造上，我们可以运用对比和冲突来凸显性格特点；在修辞手法上，我们可以运用比喻、拟人、类比等手法来增强语言的生动性和形象性，这些技巧都可以根据故事的具体内容和听众的特点来灵活调整运用。

◢ 第二节
启程：以事件启动，代替发布事实

那是凌晨 3 ：18。

这么早是去干什么？去晨跑吗？

不！提车！这是一位新车车主喜欢的好时辰，坚持要在这一刻提车。

但是，此时黑灯瞎火，怎么办呢？

"全体都有，各就各位！"一家豪华车品牌的经销商经理喊着口令。"到！"我们 30 多位员工午夜时分开始装扮现场，铺红毯、调灯光，准备音乐、花篮、礼花、香槟，哦，对了，还有早餐，没错，提完车肯定也天光大亮了。

于是，在精心准备下，为车主制造惊喜一刻的大幕正在缓缓拉开。

这是一位学员含泪分享的为客户提车的故事，这也是我听到过为客户细致服务"最卷"的一个故事。

凌晨，当大多数人沉浸在梦乡时，一群工作人员和管理人员已经开始忙碌地穿梭于灯火通明的场地。他们，正是那些为车主提供细致服务、展现专业态度与卓越工作水准的团队。每一个细节都逃不过他们的眼睛，每一处场景都在他们的精心布置下变得清晰而鲜活。

我们仿佛能看到，他们通宵达旦地工作，只为给客户留下一个最深刻的印象。军事化的管理严格而有序，只为确保每一项准备工作顺利进行。而当具体的任务一项项被勾选完成时，细节的场景便在我们眼前鲜活地呈现出来，让人感慨万千。

试想，如果只是简单地陈述："我们为了客户一夜未睡，做了很多准备工作，只为他能在凌晨 3 点 18 分提车。"这样的叙述虽然传达了信息，但却失去了那份细腻与生动。而正是那些被精心描绘的细节和场景，才使得这个故事如此引人入胜，让人难以忘怀。

讲好故事，就要注重对细节的描绘，让时间具体、场景清晰、画面鲜活、人物丰满。这样，我们的故事才能触动人心，达到预期的效果。

1. "ABT"叙事结构

在科学与故事的交汇点上，兰迪·奥尔森以他独特的视角和经历为我们揭示了讲好故事的一个秘密——那就是"And，But，Therefore"（ABT）的叙事结构。奥尔森，这位曾在新罕布什尔大学担任海洋生物学终身教授、后来转型为好莱坞电影导演的人，用自己的亲身经历告诉我们，即使是复杂枯燥的科学内容，也能通过好莱坞式的叙事技巧，变得引人入胜。

奥尔森敏锐地指出，很多人在叙事时容易犯的一个错误，就是简单地将时间和素材进行叠加，形成了单调乏味的"AAA"叙事模式，而真正有效的叙事，应该是起承转合的，是能够让听众产生共鸣和思考的。这就是"ABT"叙事结构的魅力所在。

"ABT"不仅是一个简单的造句模板，更是一种灵活的思维方式。它要求我们在讲述故事时，首先要有一个引人入胜的开头（And），描述一个具体生动的场景或事件，将听众带入故事的世界。接着，要有一个戏剧性的冲突（But），揭示主人公面临的挑战和困难，让听众为主人公的命运捏一把汗。最后，要有一个令人信服的结局（Therefore），展示主人公如何克服困难，实现目标，让听众从中获得启发和感悟。

我为"ABT"结构打造了一个对应的中文表达，我们可以说：

"那是……"要让一个故事有好的开头，就要描述生动的画面和细节。

"但是……"要让故事出现转折和挑战。

"于是……"更要让故事的主人公经历成长和变化，达到一个新的境界。

这是一个极为简化的叙事结构，无论是科学传播、沟通交流、汇报演讲还是构思研究报告，这样的叙事技巧都能帮助我们更好地吸引听众的注意力，不仅让故事生动有趣，也让听众更易理解和接受故事所传达的信息和情感。

甚至科学家们也发现，在运用"ABT"结构之后，他们的讲述不再枯燥无味，而是充满了趣味性和戏剧性，深深打动听众。可以说，"ABT"结构是故事的基因和灵魂，更是我们讲好故事、实现有效沟通的重要工具。

2. 用"ABT"结构打造故事细节的基因

为什么奥尔森把"ABT"结构称为故事的基因呢？

我们先来看这个故事吧。

1953 年 4 月 2 日，弗朗西斯·HC·克里克（Francis HC Crick）
和詹姆斯·沃森（James D.Watson）向《自然》杂志邮寄了"有
关脱氧核糖核酸（DNA）结构"的文章。这篇生物学领域中史诗
级的文献一共才 900 字。1962 年两位作者获得诺贝尔生理及医学奖，
而这篇文章也堪称是科学界获得诺奖的最短的一篇学术论文。

把他们的论文拿来剖析一下，你也能看到一个"ABT"结构
（如图 4-4 所示）。

BUT

THEREFORE

A Structure for Deoxyribose Nucleic Acid

We wish to suggest a structure for the salt of deoxyribose nucleic acid (D.N.A.).
This structure has novel features which are of considerable biological interest.

A structure for nucleic acid has already been proposed by Pauling and Corey.
They kindly made their manuscript available to us in advance of publication. Their
model consists of three intertwined chains, with the phosphates near the fibre axis,
and the bases on the outside. In our opinion, this structure is unsatisfactory for two
reasons: (1) We believe that the material which gives the X-ray diagrams is the salt,
not the free acid. Without the acidic hydrogen atoms it is not clear what forces
would hold the structure together, especially as the negatively charged phosphates
near the axis will repel each other. (2) Some of the van der Waals distances appear
to be too small.

Another three-chain structure has also been suggested by Fraser (in the press). In
his model the phosphates are on the outside and the bases on the inside, linked
together by hydrogen bonds. This structure as described is rather ill-defined, and for
this reason we shall not comment on it.

We wish to put forward a radically different structure for the salt of deoxyribose
nucleic acid. This structure has two helical chains each coiled round the same axis
(see diagram). We have made the usual chemical

图 4-4 1962 年获得诺贝尔生理及医学奖的论文中的"ABT"结构

（And）我们希望提出脱氧核糖核酸（DNA）盐的一种结构，这种结构的新特性具有重要的生物学意义。此前，鲍林和科里已经提出了核酸的一种结构，他们在原稿发表之前慷慨地将其提供给我们。他们的模型由三条彼此缠绕的链组成，磷酸基团位于长链的中心轴附近，碱基位于外侧。

（But）但是在我们看来，该结构不太令人满意，理由有两点：

（1）我们认为，给出 X 射线图的物质是盐，而不是游离酸。在没有酸性氢原子的情况下，就不清楚是什么力把该结构维系在一起，尤其是中心轴附近带负电荷的磷酸基团会彼此排斥。

（2）某些范德华距离显得过小……

（Therefore）因此我们要提出的是一种完全不同的脱氧核糖核酸盐的结构，这种结构有两条螺旋链，围绕同一中心轴相互缠绕……

可以说每个故事都可以缩减成这样的简单结构，并且还能有足够的细节支撑对事件的描述。

我们再来看一个小故事。

有一位小姑娘生活在农村，（And）她的生活很乏味，（But）有一天龙卷风把她裹挟到了遥远的奥兹国，（Therefore）她必须开启征程，寻找回家的路。

这就是著名童话故事《绿野仙踪》的"ABT"内核。

我也一直使用"ABT"结构描述故事的事件和细节。

有一次我给一家外资企业的国际研发团队分享英文版的"打造首席故事官"课程，便使用了"ABT，那是……但是……于是……"的叙事结构。

我说，

"那是三年前，有着超过20多年工作经验的我对培训驾轻就熟，信手拈来，岁月安稳，现实静好。（I have been a trainer for over 25 years.I always feel happy, satisfied, and contented with my life, happy-go-lucky.）

但是，突如其来的疫情让我一下子懵了，没回过味来呢，立刻又被甩到了线上培训的战场。很多公司和员工来求助：怎么设计线上微课？怎么使用线上技术？怎么做线上引导？（But all of sudden, the severe Pandemic knocked me out of the blue and threw me overnight to the online battlefield, as many companies sought me for help：Help！We need new on-line mini courses.We need new on-line facilitation skills.We need new webinar techniques.）

战吗？退吗？接手吗？躺平吗？（Doing or dying？）

于是，我又开启了新方向的新征程——重构培训，设计将来！（Therefore, I have to face up to the new challenges and embark a long march to a new direction.）

能活过明天吗？能引导你们发展未来吗？（Will I survive and thrive？）"

当我说到"Doing or dying？——战吗？退吗？"的时候，我看到很多外国工程师的表情都激动起来，对着我频频点头，好像在鼓励我："Do！Do！Do！要战斗！不能退缩！"他们的热情一下被我点燃。大家畅所欲言，表示无论多么艰难，也要咬牙干下去，先生存、再闪耀。

3. 两部电影的故事

在《科学需要讲故事》这本书里，作者对比了两部美国影片，它们都聚焦于全球变暖的议题，均引发了观众的深刻共鸣。

一部是由美国前副总统戈尔策划并主演的名为《难以忽视的真相》的纪录片。它讲述了人类怎样改变着地球大气以及会造成什么样的后果。影片的结构完全是"是这样的，这样的，这样的"——平铺直叙，介绍和罗列事实。

而另一部是电影《后天》，叫好又叫座。它讲述的是人类活动造成严重气候变化的科幻故事。这部电影里没有太多科学概念，但有好的叙事结构，核心是立体而充满悬疑的结构：气候学家发现温室效应带来的全球变暖将会引发地球空前的灾难，他警告政府官员采取预防行动，但显然已为时已晚。于是，他急告美国副总统宣布北纬30度以南的全体民众尽快向赤道方向撤离，该线以北的民众要尽量保暖。然而就在此时，他又得知儿子只身前往纽约去营救女友，于是决定冒险前进，在纽约的冰天雪地中展开救援行动。影片跌宕起伏，虽然营救成功，但是看着破败的家园，美国总统不得不叹息承认，他所奉行的气候政策是一次巨大的败笔。

前一部叙事结构的电影带来了 2500 万美元的票房，而后一部冲突结构的电影票房是 1 亿 8600 万美元。当然，《后天》这部科幻电影是虚构的，甚至可以说是用糟糕的科学包装起来的。但在洛杉矶的点映活动上，座无虚席。大家被丹尼斯·奎德扮演的古气候学家蹩脚的对话弄得哭笑不得，即便如此，电影依然取得了巨大成功。这说明，有力量、有细节的故事结构继续成为成功传播的典范。无论内容是什么，演讲者面对的是一个叙事世界的听众或观众，而故事将所有的事件和细节编织在一起。就连戈尔这样最好的演讲者其实也非常需要故事的帮助。

在故事设计方面，我们要走向深入、走向细致入微，真正走进听众的心里，引起他们的共鸣和思考。这是对我们故事设计的要求，也是对我们理念的一种升华和提炼。

要深入人心，必先深入己心；要打动他人，须先打动自我。为了设计我们个人的英雄之旅，不妨从对某一事件的深入细节思考与探索启程。故事，它首先触动的是心灵而非头脑；它所分享的，是饱含情感的细节与事件，超越单纯的事实与信息；故事是生动的画面展现，而非平淡的文字陈述；它用感性的力量去弥补我们理性的不足——因为，在交流的深处，是灵魂与灵魂的连接。

美国新闻业研究所（American Press Institute）也曾对优秀故事的特征进行过深入研究。他们得出的结论是：过程的重要性超越话题本身，而讲述故事的方式与其中的细节则比故事本身更为关键。相较于抽象的整体概念，具体入微的事物更能激起人们的情感共鸣，更具感染力。因为，正是"细节"最能刻画人物的性格与情感，使之跃然纸上。

你不妨尝试一下，以"SOS"的模型建构故事线，再以"ABT"的叙事结构嵌入其中，用故事的细节与画面感吸引听众的注意，再让跌宕起伏的节奏与冲突引领他们一同踏上一段故事之旅。

▲ 第三节
挑战：用冲突贯穿，避免平淡无奇

1. 从 Mr.No 到 Mr.Right——从"不"大师到"对"财神

那是 2016 年 3 月份，我开始新的角色，加入新的团队。但是我遇到了挑战，我不相信销售团队，他们也不相信我，因为最开始我扮演的是一个"警察"角色。同事们居然都称呼我是"Mr.No——'不'大师：不批钱大师"。我和大家相处感觉到非常别扭，工作效率不高，我要求他们提供的各种表格质量也不好。

怎么解决这个难题？我第一次自我反思，开始改变想法、改变成见，尊重团队里的每一位成员。于是，我要求从自己做起、做出表率，主动为团队提供力所能及的帮助，逐渐赢得团队的信任，直至我转型成功，完全融入团队。

现在，我又获得了一个绰号，不是"Mr.Yes"，而是"Mr.Right"——批对钱大师，为大家服好务，把握好财物人员的态度和行动，为自己、为部门、为公司做对的事。

这位财务总监拥有长达 25 年的丰富经验，他精心准备了一份中英文逐字稿，打算在全公司的年会上与大家分享他的故事。在撰写这个故事的过程中，他的内心充满了激动和期待。他表示，尽管 25 年的长期服务奖为他带来了更高的薪资，但真正让他感到幸福和满足的，却是将这个故事付诸笔端和即将在年会上讲述它的时刻。

这个故事不仅是他职业生涯的见证，更是他坚守职业操守，甚至是在冲突中赢得信任与尊重，以及取得卓越成就的生动记录。对他而言，这份故事无疑是他 25 年工作生涯中最珍贵的纪念。

通过他的故事，我们深刻体会到，即便是简单的词汇也能巧妙地串联起一系列神奇的事件，生动地描绘出挑战与冲突。这个故事让我们仿佛亲眼见证了主人公在历练中一步步成长的历程，它触动了我们的心灵，让我们与这位英雄产生了强烈的共鸣。

同时，我们也意识到，讲故事的能力对于领导者而言至关重要。故事是一种强大的工具，它能够帮助领导者传达价值观、明确目标，以及引导团队形成统一的思想和行动。通过讲述故事，领导者可以激发团队成员的热情和动力，促使大家齐心协力，共同为公司的繁荣和发展而努力。

2. 冲突颠覆生活

在我所参与和辅导的千余场演讲培训中，我始终保持着与各大公司高管的深度交流，试图理解他们对员工汇报和职场沟通的期望与反馈。记得有一次，我接连访谈了法务、合规部门的总经理、市场总监、公关总监等多位高管。我满心期待他们能异口同声地表达出"接下来呢？"，也就是对内容有更多的渴望，然而他们却一致地表达出"就这呀"的失望。这让我深刻意识到，如果我们交流的内容无法呼应听众的期望，无法提供他们所需的价值和意义，那么我们的努力很可能只会换来冷漠的回应。

许多时候，我们的汇报内容并非全然无趣，却也难以引起听众的共鸣。我们在台上滔滔不绝，而听众却忙于刷手机、发邮件，对我们的分享毫不在意。为了衡量一场演讲成功与否，美国"头马"演讲机构（Toastmaster）甚至将笑声和起立鼓掌的次数作为评价指标。而在中国，尽管我们的文化更为内敛，但一些公司也不得不将"低头刷屏率"作为评估分享和演讲效果的一种反馈指标。

面对这样的挑战，我们应该如何应对呢？答案就是：学会讲故事。一个好的故事应该包含冲突、危机和紧迫时刻，以及英雄化解危机的细节。这样的故事才能吸引听众的注意力，呼应他们的情绪能量。资源有限还要完成指标，如何做到？既要合规还要创新，如何去做？观点不同还要合作，如何去做？这些冲突让我们为之动容，为之纠结，让我们对故事的发展充满期待。

那么，如何设计这样的冲突呢？讲故事并非简单的煽情渲染，而是需要我们深入探究其背后的原理和技巧。我们需要充分理解故事背后的"道"和"术"，再将其巧妙地组合在一起。用好莱坞知名编剧罗伯特·麦基的观点来概括，打造一个好故事就像参加一场"纪律严明"的"军事竞赛"，我们需要尊重故事的原则，精心挑选出几个关键瞬间来展示整个人生。

设计情节就像在故事的危险地形上航行，我们需要在面临无数岔道时选择正确的航道。情节是作者对事件的选择以及对时间的规划。因此，准备演讲时，我们应该问问自己："我们个人经验中的什么东西能触动听众的生活？"通过挖掘自己与听众的共同点，我们可以打造出更具吸引力的故事，让听众在我们的演讲中找到共鸣和价值。

故事设计主要分为两大要素：结构与细节。结构是故事的骨架，它支撑着整个故事的完整性和连贯性；而细节则是故事的血肉，它与文化紧密相连，赋予故事以生命和共鸣。两者相辅相成，缺一不可。

麦基强调，虽然许多故事创作者都是出于内心强烈的表达欲望而踏上创作之路，但并非每个有故事的人都能讲述出引人入胜的故事。这是因为故事创作与其他学科一样，有着其独特的原理和规律。这些原理并非显而易见，而是隐藏在人性之中，既多变又不变。

他特别提示我们，故事应该以冲突为主线，避免平淡无奇。故事有经典情节的设计，围绕一个主人公展开；有细节的描述打造冲突，描绘主人公为了追求欲望、动机、目的和价值而与外界力量进行斗争的过程；最后有出乎意料的高潮和结局来颠覆听众的期待，给人留下深刻印象。

在当今社交媒体和短视频平台盛行的时代，字数和时间限制对故事创作提出了更高的要求。然而，我们可以运用冲突颠覆生活的原理来快速生成情节起伏的故事内容，吸引听众的注意力，为他们留下深刻印象。

3. 销售冠军的一年：依靠一个单品、一个客户，达成了 1500 万的销售增长

一位超级销售冠军要在公司年会上做经验分享。面对两万员工，她要在 2~3 分钟的时间内讲述一个成长的故事。如何能让她的故事引人入胜、让听众产生共鸣？这无疑是一个巨大的挑战。

我只有半天时间，要访谈她，和她交流目标，形成故事内容，落实逐字稿，翻译成英文，还要做两手准备，辅导她的英文和中文演讲，当然，更要让故事有冲突和起伏，引人入胜。

我快速介绍了故事思维的模型和底层逻辑，如，以"为什么"启动，再以"启程 - 挑战 - 收获"的故事线展开如何踏上旅程、如何经受考验、如何达成目标。

无冲突，不故事。故事里要有危机的紧迫时刻，要有"英雄"化解危机的细节。结合这些理念，我给她分享了我的"SOS"故事线，把一个"急救信号"嵌入在故事线中，显示出演讲者在危难时刻快速抉择，找到解决问题的方法，力挽狂澜，绝处逢生。

这位销售冠军对此深有感触，欣然采纳了我的方法。我们很快搭建起一个跌宕起伏的故事旅程，准备向全体员工分享：她如何从一个单品一个客户，做到了一年 1500 万销售额的增长。

然后我请她描绘了故事中的几个关键情节。

首先有启程（Start），即一个故事启动的事件、细节或者能够触发情感的形象表达。

其次有挑战（Ordeal），即故事中的痛点、冲突、令人震惊的数据或者感动人心的发现和启示。

最后要有收获（Success），即成功的结果、激动人心的业绩，能够以此呼应听众的心声，触发他们的情感。

有了关键情节，她对我讲出了自己的故事。

"我是谁？我是一个小女人，是我们部门个头最小、体重最轻，但是业绩最高的超女。今天请你们和我一起回顾一下，过去这一年，我依靠一个单品、一个客户，达成了 1500 万销售额增长的故事。"

她讲着讲着，哽咽不已，泪眼汪汪。我知道泪水是她的体会更是她成长的滋味。在那一瞬间，我仿佛听到了全世界为她鼓掌的声音。

时间紧任务重，我们一起用 SOS 的故事线勾勒出她演讲的结构，尤其设计了故事的内容节奏和冲突描述。

在辅导过程中，她抱歉地说到，自己的语言文字功底一般，英文也不太好。我说那又怎么样！即使用有限的字眼，伴随着起伏的情感，围绕着一个又一个充满细节的事件，就能组成神奇的故事。她是我心目中的英雄，越是艰难时刻，越是面对挑战，没有退缩和放弃，而是展示出如何突破艰难，成就了不凡的业绩。她的讲述也是直白平实，但是其中的挑战起伏和最后的成果收获拉伸了故事的张力，让她成为令人钦佩的小小"女汉子"。

她一边练习讲故事，一边弹去眼角的泪水。我理解，她也被自己曲折的经历深深打动。泪水是她的荣耀，是她成长的滋味。后来她在年会分享时，全场都为她的坚忍不拔热烈鼓掌。

麦基在谈到故事的冲突时强调，"除非你创造了高潮，否则你便没有说故事。如果你未能实现这一诗化飞跃，以至一个辉煌的绝顶高潮，前面的一切场景、人物、对白和描写都会沦为一个复杂精妙的打字练习而已。"

你可以将故事用在自己的工作和生活中，也可以用于影响他人。一个有影响力的故事不仅仅是在描述情节，或是描述发生的细节，更重要的是通过故事在人们心里构建画面、情感，用故事去构建一个关于实现更大潜能的愿景，激发听众的内在动力，引发人们自我觉察的力量和行动。

第四节
收获：让成功见证，拒绝失败沮丧

"没让他们明白，就让他们糊涂。"很多领导一听到美国前总统杜鲁门调侃下属汇报工作时说过的这句话，就忍俊不禁，频频点头。

好故事背后的功力是思维和内容组织的力量，如果没有讲明白，听众都没听懂，一切都是白搭。

故事是一种情感的沟通，也是思想的烙印。它可以对观念产生影响，可以触摸心灵的最深处。故事要服务于沟通，因此我们不需要创造一个完美的故事，而是要通过故事使沟通更顺畅，更好地达成共识。哪怕失败的故事，我们也可以从中获得经验教训，收获启迪和智慧。

1. 没有"事故"，更多的是成长

有时，我们会把故事讲成"事故"。但是，这也是宝贵的素材，能够让我们更好地觉察、收获启迪，从而促进我们不断成长。

当然，这些"事故"也从另一个层面让我们看到自己在沟通交流中存在的问题，以及反思为什么要引入故事。

◦ **事故一：不清晰**

想象一下，如果一个人这么讲："这个事情吧是……因为……

但是……所以……然而……再加上……不过……第二个问题……然后……然后……然后……"如果你不打断，这个人可以"然后"20分钟不停，而且我们很难插话进去。每次开会讨论或者汇报工作，听到这样的讲述，我们的感受像不像《西游记》里的孙悟空一样——看到啰唆的唐僧只想逃。

○ **事故二：没有画面感**

奥美公司的创始人，广告大师大卫·奥格威曾说过一个故事：古希腊雅典有两位演说家，外敌入侵，两位演说家都发表了激昂的演讲，号召大家奋起反抗。第一位讲完，大家都说："他说得真好！"而第二位讲完，大家都说："走，咱们跟敌人打一仗去！"

大卫 奥格威说，他选择做第二位演说家。

第一位讲的可能是个非常好的演讲作品，但第二位讲的才更有作用和意义。

故事表达的核心，是有影响力，能够打动人，进而带来认知上的改变或共识。

故事讲得掏心掏肺，把自己说得热泪盈眶，那没有意义。故事要走心，走的是对方的心，如果只能感动自己，那并不是一个好故事。

著名媒体人东东枪在《文案的基本修养》里谈到，如果所谓的走心只是感动自己，所谓的金句妙语只是让自己感觉良好，这叫作"自嗨"。自己感觉不错，其实只是用语言的华丽来掩盖内容的空洞和思考的缺失。

其实，每个人都活在自己的故事里。如果你想让别人对你讲的东西有反应，那就要有共鸣，要让故事和听众的心产生交集，否则就是：你讲你的，我想我的。

○ **事故三：过于追求故事的情感，找噱头作秀，"演"得太过**

讲故事要有一个度。没有故事，太过单调；故事太多或太煽情，则会令人困惑。我们到底要通过故事达到什么目的？那一个个感人的瞬间究竟是为了什么？

英雄之旅主人公所经历的苦难是为了让听众产生认同感，产生共情和共鸣，引导听众一起回溯曾经的苦难和脆弱，从平凡走向不平凡，这才会对听众有用、有吸引力。

我曾给一个全国英语演讲比赛当过评委。很多选手演讲结束时，特别爱煽情，音调上扬，还特别爱做一个动作：双臂向上——向太阳。有评委就笑，"怎么回事?! 大家演讲完了怎么一个个都像刚从高低杠上跳下来的一样！"这就过犹不及了。虽然我们知道要讲得有激情、有力量，但是如果表现不得体，反而会给人张牙舞爪、怪异出格的感觉。其实，不管在哪一个领域，越是高手，多余的动作越少。

有一个游戏高手说，电子竞技中专业选手每分钟点击鼠标几百下，业余选手是什么样子？他们每分钟点击鼠标多达几千下，他们点得越多，玩得越差，因为大多数的动作都是多余的。玩得最差的新手是什么样子？他们不仅控制不住手要乱点鼠标，且全身都在动，恨不能从凳子上跳起来。如果这个时候你用设备去扫描他们的大脑，你会发现高手其实只有很少的区域会亮，而业余选手全脑都在亮。我们讲故事、分享内容也是一样，调动情感的高级境界是：引人入胜、笑中带泪，听完后人们能够悟出道理，带走收获。

这也是为什么我一直提醒自己，要追求以最简单的方式打造故事线，以最容易的方法让人们学会设计故事，输出内容。

2. 没有失败，更多的是成长

2005 年，乔布斯在斯坦福大学毕业典礼上的演讲中留下了那句深具启发性的名言："Stay Hungry，Stay Foolish（求知若饥，虚心若愚）。"他以幽默自嘲的方式开启了这场分享，说道："这可能是我离大学毕业最近的一次了。今天，我不讲大道理，只想和大家分享我人生中的三个小故事。"他的演讲不仅吸引了在场的听众，更激发了人们对于人生和成功的深刻思考。

在乔布斯的每一个小故事中，我们都能看到一个清晰的"SOS"故事线，从"启程"到"启蒙或挑战"，再到"启发或收获"，这仿佛是他人生旅程的缩影。

第一个故事讲述了他在休学期间的收获。大学入学仅六个月，乔布斯便选择了退学。然而，他并没有放弃学习，而是以旁听生的身份继续留在学校，其中一门书法课让他产生了浓厚的兴趣。他在这门课上投入了大量的时间和精力，最终学有所成。十年后，当他设计电脑字体时，当年所学的书法知识派上了用场。这个故事的启程是他上学后很快因失望而选择退学，启蒙是追求自己真正感兴趣的内容学习，而最后的启发是生命中的点滴经历都会在未来以某种方式连接起来。于是，乔布斯鼓励大家要勇于追求自己的兴趣，远离平凡，努力变得与众不同。

第二个故事讲述了乔布斯被自己创立的公司解雇后的心路历程。在 30 岁那年，他被自己亲手创办的公司、被亲自邀请来的 CEO 扫地出门。然而，他并没有因此放弃，而是凭借着对事业的热爱，创办了"NeXT"公司和皮克斯动画。最终，苹果公司收购了"NeXT"，乔布斯也得以重返苹果。这个故事的启程、启蒙和启发告诉我们，即使遭遇失败和挫折，也不要轻易放弃，只要心中有爱，就一定能找到自己的方向。

第三个故事讲述了乔布斯面对癌症确诊时的勇敢与坚定。当得知自己身患癌症时，他选择了积极面对，把每一天都当作生命中的最后一天来珍惜。这种态度让他更加专注于当下，更加珍惜与家人、朋友的相处时光。这个故事告诉我们，死亡是生命的一部分，面对死亡，我们应该更加珍惜生命，活出每个人的精彩。

乔布斯的这场演讲不仅是一场关于成功和失败的分享，更是一场关于人生哲学和智慧的传授。他用自己的故事鼓励着每一个在座的人，要相信直觉、做有意义有价值的事、珍惜每一天的时光。他的故事充满了情感的连接和心灵的回响，让人们深受启发和感动。三个故事生动深刻，都是从人生的低谷反转为内心的觉醒和洞察，再以最真诚真实的方式分享给在座的莘莘学子。正如戴尔·卡内基所说："只要坦诚地讲述而且不伤害他人的自尊，真实的个人故事，无论是谁的故事，都是非常有趣的。"乔布斯的故事无疑就是这样一个充满智慧和启示的故事。

3. 用"SOS"故事之线打造故事

我用这个"SOS"故事结构见证过自己一次幸福的经历：踏上分享台，迅速获得听众的认可。

那是 2019 年 12 月 15 日，我记忆犹新。全班 100 位同学，有 98 位迎着严寒在分享日来到得到大学的学习中心。当天一共有 15 位同学分享，我是其中之一。在我讲完的一刹那，全场掌声雷动，我立刻收获了 68 朵小红花，让我的学习积分一下冲到班级第一。要知道，每个人只有 5 朵小红花，要省着用，但我却收获了全班最多的红花雨。那一刻令人难忘。我正是用了讲故事的方法和技巧来设计和演绎我分享的内容。这是一次让我心动的探索之旅，更是一次检验我的方法论是否有效的实践之旅。

在准备阶段，打磨教练一遍遍地提醒我们：为什么这个题目非由你讲不可？（Why me？）你讲的题目如何与听众关联？大家都希望听到"与己有关"的内容（Why you？）。最重要的是，你分享的内容对同学们有什么价值？（Why this？）

这与我的故事设计思路不谋而合。于是我用价值模型打造了我分享的内核，如图 4-5 所示。

我希望能够启动一次让同学们感到好奇的探索之旅。

为什么是我讲？我是一位学翻译、教翻译、做翻译、在这个领域有丰富经验的人。

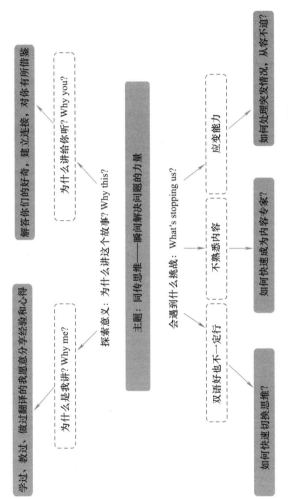

图 4-5 "同传思维——瞬间解决问题的力量"的价值设计模型

为什么讲给你听？为你解答好奇、建立连接，看看我分享的内容是否对你有所借鉴。

为什么讲这个故事？同传思维——瞬间解决问题的力量，我希望能够提供一两点小技巧，快速应用在一些重要的人生、工作瞬间。

故事的冲突建构了峰值。我分享了在翻译和同传中遇到过的挑战：我曾带着字典去翻译，让自己显得很不自信，让别人对我更加怀疑，怎么反转？宴会上，一些菜品名称不会翻译，弄巧成拙，怎么改进？在重大事件的同传过程中，音频出现故障，如何读唇语，再造一个演讲去救场。从我精心准备的故事、案例、花絮的一唱三叹之中，放眼望去，我感受到一屋子同学的目光都聚焦在我身上。我知道：成了！

结束前，我呼应了即将来到终点的感受，说道："无论翻译和同传遇到多么大的挑战，只要我们拥有'瞬间解决问题'的力量，我们就不担心会被机器或 AI 替代。只要我们的'神'还在，就能应对新挑战，掌握新技术，让技术成为我们的'副驾'。"

17 分 56 秒，我以向马丁·路德·金致意的相同时间完成这次分享。全场掌声雷动，我的学习绩点也立刻跃迁为全班第一名，最后我也荣获了优秀学员的称号。

我的故事产生了秒级影响力。通过走心的感受、细节的描述、冲突的打造、情节的建构，我让故事与听众的需求、兴趣相关，引起他们的共鸣，迅速产生情感连接。尤其是通过对事件清晰地描述传达信息和观点，通过情节、人物以及面对的冲突和挑战的再现，听众从我的故事中也获得了有价值的启示。

▲ 第五节
故事生成器——一页故事汇

随着我们逐步勾勒出故事之心与故事之线的轮廓，一个引人入胜的叙述已初具雏形。通过条理清晰的情节铺陈、细腻入微的细节描绘，以及扣人心弦的冲突构建，我们的故事能够牢牢抓住听众的注意力，并引领他们逐步深入领悟故事所蕴含的信息和主题。这些故事或许植根于现实生活的土壤，或许凌驾于现实之上，但它们都拥有一种神奇的力量——能够增强听众的信任感与认同感，揭示出宝贵的启示与教训，从而在工作与生活的各个领域为人们提供有力的借鉴与指导。

那么，接下来的关键问题是：我们如何才能迅速而有效地生成这些故事内容呢？

在对故事之心与故事之线有了思考和设计之后，我们需要将这些要素串联起来。基于坎贝尔的"英雄之旅"理论，我思考了如何创建一个简单而实用的"故事线索生成器"。

举个例子。一次，一位培训师朋友和我讲了她的苦恼，她始终不愿意和婆婆一起住，彼此相处也是磕磕绊绊。我用坎贝尔的理论重构了我和她交流的过程。

她问我怎么办？（平凡的世界中，冒险的召唤。）

我让她想想和婆婆一起住的好处。结果，她一句话就怼回来了："没有好处！"（面临挑战）

哦，我明白了，我先要和她同频同理思考才行。于是，话锋一转，我说："那你吐吐槽，说说和婆婆一起住的缺点。"结果她罗列了一大堆。

我接着说道："好吧，说了这么多，也该吐完槽了，下面可以说说有什么好处吧？说出来一条好处，咱们就划掉一条坏处，可以吗？"她刺激我说："你先帮我想一条呗！"好，先说就先说。我说："你看，和婆婆一起住，始终家里会有人给你收快递，方便安全，是吧？"她一听乐了，"啊！好吧，且算上一条。""下面该你了。"我敦促道。

慢慢地，她开始思考了，说出了几条好处。（进入新的世界）

最后，打动她的还是她自己想出来的价值："和婆婆住，能够让我训练和提升忍耐力，然后给儿子做个尊老爱幼的好榜样。"（考验）

她很感激我。我看到的却是，在对话中，一定让对方认知升级，让他们自己觉醒，才能真正打动他们，否则都是说教。没有拨动心中的琴弦，就不会达到思维的共振。（转变）

对话很重要，但首先我们自己要和对方平行思考，有同理心和同向而行的意愿，说出的话才能被对方认同，才能慢慢去影响对方。（返回）

如果把这个故事用"SOS"的简化模型来概括就是：启程—挑战—收获。

启程：有事件细节和情绪感受（和婆婆住不到一起，磕磕绊绊，非常苦恼）。

挑战：有面临的挑战和困难（如，固执坚持原有的想法，没有视角的转换，看不到婆婆的优点或者价值。那我要先顺着她说，先让她吐槽，等她平复情绪后再转换到思考价值的层面。结果，她居然看到了一个很大的价值——给儿子做个榜样，提高自己的忍耐力）。

收获：有了思想的转变（先同理共情，然后才能够发现对方的价值），启发从自己率先改变。

讲故事就是能够在危机来临或者关键时刻，抓住本质，快速解决问题，找出核心要素，建构起一根更易理解和学习的故事线。

1. 故事生成器—— 一页故事汇

抱着简约创新、深刻生动的初心，我设计了一个"故事生成器—— 一页故事汇"的引导画布。它还可以被用作是一张反馈表，帮助你把讲故事的方法和结构汇总在一起，把故事线上的重要时间节点标注出来，用关键词输出故事的内容（见表4-1）。

表4-1　故事生成器——一页故事汇

故事题目：	故事之旅

（续）

故事题目：	故事之旅
我是 _____ 为什么是我讲？	启程： 讲事件而不是讲数据： 讲细节而不是讲表面： 引入主题词触发情绪：
故事的英雄是 _____ 为什么讲给你听？	挑战： 多感官描述冲突及痛点： 多列举惊人数据或事实： 多创造内容起伏的节奏：
故事的核心是 _____ 为什么讲这个故事？	收获： 畅想成功结果及愿景： 分享喜怒哀乐和意义： 呼应主题词并总结胜利：

　　故事就是把人类的经历感性化，在听众身边耳语，将道理和情感注入彼此的心田。一个好故事胜过 1000 个理论。我们需要一个极为经济的表达方式来建构线索、描绘图景、引发共情、达成共识，让我们的英雄之旅荡气回肠。

2．半小时书写父与子的故事

　　这个父与子的故事，每天在很多家庭里上演。

　　我曾经辅导了一位创业公司的创始人，他因为工作太忙无暇陪伴孩子，偶尔回到家中，还要面对"熊孩子"的各种胡闹，为此特别苦恼，他希望用我教授的"设计人生"工具和孩子交流。在一次交流后，他写下了下面这个温馨而生动的故事。

父子战斗的故事：半小时从"天敌"到"天使"

　　我是两个男孩的父亲，他们是我的天使，但有时也是"天敌"。我遇到的困难，很多父母都在面对。

最近两年，我家老二只要在家就在玩手机游戏和聊天，严重影响学习和视力。这不，上周六晚上，我在写东西，他在我对面玩手机，已经晚上十一点半了。我的火气和血液一下子冲到了脑门，想起老婆跟我抱怨儿子的话："这人真不可救药，总在坑自己。"

我问儿子："几点了，什么时候睡觉？"

他没抬眼皮，说："一会儿就睡。"

我又问："一会儿是多久？"

他不耐烦了，嘟囔着："不知道。"

我火更大了："你从吃完晚饭到现在玩了四个多小时了，你不觉得还应该干点别的么？"

他也火了："你想让我干什么？我也学完了。"

诶，等会！我突然意识到，他这是故意引我把话题转到学习成绩上，然后他就可以说："我就不想学，不喜欢，没用。"哼！我才不上当呢。我说："我知道你不喜欢学那些东西，换成我也不想学，所以我从没因为成绩不好批评你，对吧？"

儿子愣了一下，他很意外听我这么说。

我接着说："我只是想问你，除了游戏，你还能干点什么让自己觉得有意义的事？"

儿子茫然地回答："我今天学完了，也刷碗了，还运动了，我还能干什么？"

他的表情告诉我，他不是在顶嘴而是真的不知道还能干什么。这次轮到我意外了，我问他："你不是说喜欢钱么？想到长大了挣很多钱就很兴奋,你现在就开始挣钱多好?"他瞥了我一眼:"我不知道我能干啥?"我说:"不着急去挣钱,先看看别人怎么挣钱的,这还不更简单嘛。咱明天去大悦城,你看看别人怎么挣钱,但现在得睡觉。"他没说话,也许觉得看别人怎么挣钱挺有意思,于是站起身去洗澡了。

第二天一早,我带着老大老二去了大悦城,一起吃饭,一起观察各种业态。

我问他俩,为什么这么多不同的餐厅、手机店、服装店,有的门可罗雀,有的门庭若市?

我说:"从今天开始,咱们以后只要出门就少玩手机,多看周围,问自己三个问题:

第一,哪些生意好?哪些生意不好?你观察到了什么?为什么?

第二,那些做得好的,用了爸爸说的哪个策略?

第三,如果我给你 100 万,你会投资哪个生意?为什么?"

两个孩子一股脑儿又问了我许多问题,很多让我感到意外和惊喜,有些对我也很有启发。

我要去北京上班了,老二拿着电脑问:"啥时候回来呀?还等你一起讨论我的一个新问题呢?"这次,他没有玩游戏。

我和儿子们一起践行人生设计,让我对三件事充满了信心:

(1)不断加深跟孩子的关系;

(2)培养孩子独立思考的能力;

(3)开启孩子主动探索世界的行为。

每一个父母,都可以帮孩子做自己的人生设计师!每个孩子，都能从父母的"天敌"变成"天使"。

这是我用故事生成器，帮助这位父亲在半个小时里写出的"父子战斗的故事。"下表是我们打造故事的过程（见表4-2）。

表4-2　用故事生成器构思"父子战斗的故事——
半小时从'天敌'到'天使'"

故事题目：父子战斗的故事——半小时，从"天敌"到"天使"	故事之旅
我是 _____ （两个男孩的父亲） 为什么是我讲？ 我的故事有代表性	启程： 讲事件而不是讲数据：两年来，儿子只要在家就玩手机游戏或聊天 讲细节而不是讲表面：周六，在我对面玩了四个小时 引入主题词触发情绪：真是养了个"天敌"
故事的英雄是 _____ （二儿子） 为什么讲给你听？ 希望为你提供洞察和方法	挑战： 多感官描述冲突及痛点：火气、血液冲上脑门 多列举惊人数据或事实：老婆绝望抱怨 多创造内容起伏的节奏：父子对话，不能干别的吗？ 还能干什么？ 孩子真是茫然，不知所措，才会无所事事
故事的核心是：_____ （转变：从"天敌"到"天使"） 为什么讲这个故事？ 转变的过程和意义	收获： 畅想成功结果及愿景：先同理，不批评，提供支持陪伴，启动有力量的问题 分享喜怒哀乐和意义：孩子们的观察和提问给我很多惊喜和启发 呼应主题词并总结胜利：加深他们对世界、对事物的探索和思考，从"天敌"到天使

极简故事生成器帮他迅速梳理了思路，形成了故事的结构，标识了故事的节奏起伏，让他在很短时间里把故事写出来、讲出来。他的故事更是善用对话，让人物更加鲜活。"父亲"没有"转述"儿子的话语，而是尝试用人物对话推动情节发展，让故

事的起伏曲线流动起来。

3."小女子"的逆袭

还记得那位销售冠军的故事吗？"SOS"故事线帮助她设计出故事的关键节点。接下来，我们要让故事生成器上场，帮助她勾勒出故事的结构（见表 4-3）。

表 4-3　用故事生成器构思"依靠一个单品、一个客户，
达成了 1500 万的销售额增长"的故事

故事题目：依靠一个单品、一个客户，达成了 1500 万的销售额增长的故事	故事之旅
为什么是我讲？（Why me？） 做了 10 年销售 "小女子"也能逆袭	**启程：** 那是 2019 年，"不行""没戏""你们就是这么对客户吗！"，是那一年我听到的最多的词。你能想象到吗？一开始接触客户，我经历了怎样的一段痛苦时期？"不行"是客户的口头禅，而"痛苦"就是我的伤心事。
为什么讲给你听？（Why you？） 你能了解什么是信任、尊重、卓越	**挑战：** 由于十年来并没有为客户提供很好的服务及沟通，导致客户对我们完全没有信任，期间我经历了无数次的拒绝和打击，每一次的拒绝和打击都像石头砸在身上。而这样的不信任及打击，在我以往的工作经历中从未发生过。 但是，我又怎会轻言放弃。终于经过一年多的时间，无数次沟通，130 多次上门拜访，多次产品演示，客户最终接受并认可了我，与我建立了信任关系。从抵触到建立信任，这中间有多不容易，或许只有经历过，才会感知，文字的分量实在太轻。

（续）

故事题目：依靠一个单品、一个客户，达成了 1500 万的销售额增长的故事	故事之旅
为什么讲这个故事？（Why this？）价值：一年努力带来质的变化，面对阻碍不屈不挠	**收获：** 　　直到今天，合同签完已经半年了，产品也已经正常售卖。此刻，我仍然可以深刻地感受到，当时签完年度 1500 万的合同时，我激动到几乎落泪的复杂心情。 　　我和客户都深信，可持续增长才是生意的核心。1500 万的新业务仅仅是一个开始，在不久的将来，我们还会一起创造更多的机会和增长。信任、尊重、卓越，是新生意的基石。 　　这就是我，一个瘦弱的小姑娘逆袭的过程，这也是每一位工作在一线的销售人员的奋斗写实。成功从来都不是偶然，成功的数字背后永远有销售人员坚强努力的足迹。非常感恩这十年的工作经历，它让我变得更好！

　　在故事结构中，我们抓住了几个关键词，例如："拒绝和打击、永不放弃的努力、见证信任、见证卓越、持续增长。"

　　根据这些核心内容要素，她仅用了十几分钟就完成了一份初稿。我们又稍微润色加工，经过几轮打磨，她最终确定了故事的终稿：

　　大家好，我叫小柳，来自专业餐饮销售团队，今年加入公司整整十年。十年的经历，我一个二十几岁的瘦弱小姑娘，成长为一名销售骨干，虽然我现在看起来依然很瘦弱。

　　今天，很荣幸与大家分享我的故事，这是一个关于创造出每年 1500 万新增业务、来自饮料销售团队的故事，过程很艰难但成果却让我非常有成就感。

我们的客户近几年来快速扩张。合作十年之久，已经发展为17000家门店的本土西式快餐，是我们的直供客户。但遗憾的是，在快速扩张期里，我们并没有与客户共同成长。

我从去年5月份开始接触该客户，到今年9月份，一年多的努力和付出，我们与客户的合作，取得了质的变化及成功。

如刚才所讲，得益于我们今年1500万新业务的驱动，及存量生意的增长，在未来4年时间里，我们与该客户的业务将实现3倍的增长，从19年的1000万，增长到明年的4200万。

为什么会取得这样的成功呢？

第一，重新构建信任。你能想象到吗？一开始接触客户，我经历了怎样的一段痛苦时期？由于十年来并没有为客户提供很好的服务及沟通，他们对我们完全没有信任。接手该客户期间我经历了无数次的拒绝和打击，每一次的拒绝和打击都像石头砸在身上。而这样的不信任及打击，是在我以往的工作经历中从未发生过的。但我又怎会轻言放弃。终于经过一年多的时间和无数次沟通，130多次上门拜访及多次的产品演示，客户最终接受并认可了我，与我建立了信任关系。从抵触到建立信任，这中间有多不容易，或许只有经历过，才会感知，文字的分量实在太轻。直到今天，合同签完已经半年了，产品也已经正常售卖。但此刻，我仍然可以深刻地感受到，当时签完这个年度1500万的合同时，我激动到几乎落泪的复杂心情。

第二，增强尊重。我们应该尊重市场规律，尊重我们客户的市场发展趋势,更应该尊重客户的具体需求,比如,定制化的产品。尽管我们都知道上市一个新品有多复杂,即使只是改变产品包装。

第三,追求卓越。我和客户都深信,可持续增长是生意的核心,1500万的新业务仅仅是一个开始,在不久的将来,我们还会一起创造更多的机会和增长。

这是我今天的分享。这也是我,一个瘦弱的小姑娘逆袭的过程,这也是每一位工作在一线的销售人员的奋斗写实。成功从来都不是偶然,成功的数字背后永远有销售人员坚强努力的足迹。非常感恩这十年的工作经历,它让我变得更好。谢谢大家!

从关键词到逐字稿,她的思路越发清晰,内容越发充实,在上台分享前无疑给她树立了巨大的信心。

4. 我的一次分享

我曾在得到高研院进行过一次分享,题目是:同传思维——瞬间解决问题的力量。这次分享获得了同学们的广泛好评。

那时我的培训任务非常繁忙。很多次都是在机场或出租车上远程参与打磨,获得教练的指导和同学们的反馈,写完逐字稿但也没有太多时间准备。不过,幸运的是,我牢牢记住了故事生成器中的关键词和重点内容。分享日到了,出发前,我在家里快速练习了几遍。没想到,我讲完之后,同学们把录像发给我,还热情地祝贺我,说我讲的时间恰好是17分56秒,和马丁·路德·金的《我有一个梦想》的时长一样。

下表是我通过故事生成器，快速设计出的核心内容（见表 4-4）。

表 4-4　用故事生成器构思"同传思维——瞬间解决问题的力量"的核心内容

故事题目：同传思维——瞬间解决问题的力量	故事之旅
我是 _____ 为什么是我讲？ 我可能是翻译中最擅长做培训的，培训师中最善于做翻译的。	**启程：** 讲事件而不是讲数据：**中美商业谈判中的翻译** 讲细节而不是讲表面：**翻译中遇到的糗事和花絮** 引入主题词触发情绪：**瞬间解决问题**
你是 _____ 为什么讲给你听？ 我的经历将令你拓展、了解你不知道的秘密； 为你解答你的好奇	**挑战：** 多感官描述冲突及痛点：**紧张、不会翻译** 多列举惊人数据或事实：**这个教室就能装下所有的顶级同传** 多创造内容起伏的节奏：**话筒坏了听不见声音怎么办**
为什么讲这个故事？ 更多分享瞬间解决问题的心法	**收获：** 畅想成功结果及愿景：**强准备后的松弛感** 分享喜怒哀乐和意义：**感受善意和为他们服务的意识** 呼应主题词总结胜利：**瞬间解决问题的能力，口者心之门户，智谋皆从之出**

那次分享给予我很多积极的正向反馈，让我对于自己多年的经验总结、模型输出、预期效果都更有信心。同时，我很感谢打磨教练的辅导和同学们的鼓励，也希望对大家有所回馈。所以，

我经常用故事生成器去辅佐一些需要进行演讲、工作汇报以及内容分享的伙伴们。之后还用这种方法帮助了更多的企业高管、职场达人、专家学者在重要场合输出内容、分享成果、讲好故事，因此还收获了不少友谊和赞扬。

▲ 第六节
用创新方法整合故事的内容

有人曾幽默地指出，英语中的"history"（历史）一词可拆分为"his story"（他的故事），而在汉语中，"故事"即为"过去之事"。这话不无道理，要讲述一个引人入胜的故事，你首先得拥有真实且值得分享的经历。然而，并非每个人都有轰轰烈烈的人生或惊心动魄的历险，那么对于那些自认生活平淡无奇、觉得自己"没有故事"可讲的人，又该如何是好呢？

除了"www"和"SOS"的结构模型，我还有一个建议，你不妨试一试用"六项思考帽"，快速整合出故事的内容。作为这一创新思维方法在中国的首席讲师，我有幸主持过近千场培训课程和工作坊，亲身体验并见证了"六项思考帽"在故事讲述中的巨大潜力。

1. "六项思考帽"助力讲故事

"六项思考帽"（以下简称"六帽"）是英国系统思维和创新

思维专家爱德华·德博诺博士设计的一个既简单直观又功能强大的思考和表达工具。它巧妙地运用帽子及颜色的象征意义，帮助我们组织和表达复杂的想法。每一顶帽子都代表一个特定的思考维度或角度，帽子的颜色作为一种视觉提示，引导我们的大脑切换到不同的思考角度。

简单来说，"六帽"的核心概念可以归纳为四点：首先，帽子是头脑的隐喻，提醒我们要进行积极的思考；其次，帽子可以灵活切换，鼓励我们从不同的角度看待问题；再者，六种颜色代表了六个不同的思考维度，确保了思考的全面性和广度；最后，不同颜色的帽子激发大脑的不同区域，促使我们进行深层次的思考。

正是因为"六帽"如此全面而深入地涵盖了思考、系统、沟通、共识等多个方面，它才显得如此独特而富有魅力。更重要的是，这个工具还能显著提升我们讲故事的能力，通过把复杂的思维过程可视化为不同颜色的帽子，我们能够更加清晰地看到思考的脉络和结构，进而编织出引人入胜的故事。

图 4-6 是对于"六顶思考帽"每顶帽子所代表的思考方面的介绍。不过，不必担心，即使你忘记了每个帽子的含义，但只要想到六种颜色带来的联想，你的思维就会聚集到那个思考角度上。

每一顶帽子都有其含义和作用。蓝帽负责管理思考过程、聚焦问题、探索焦点；白帽关注交流已知和所需的信息，明确获得信息的渠道，理解重要利益相关方的观点；红帽要求真实表达感觉、直觉、情感，不要伪装和干扰其他帽子的思考；黑帽正视危机与挑战，尽量穷尽风险，尤其是分析潜在的困难和问题；黄帽尤其激励在困境中识别价值、利益、可行性，呈现价值主张；绿帽则聚焦创造性和可能性，激励我们用创新的工具探索替换方案和创新新想法。

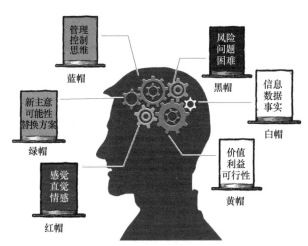

图4-6 "六顶思考帽"中每顶帽子的含义

2. 用"六帽"设计个人画像，讲好个人故事

好故事要有画面感，能提供情绪价值，这恰恰也是"六顶思考帽"的特色。它可以辅助我们思考，快速简便地输出一个全面深入的故事。

我曾帮助过一个12岁的男孩给自己画像，争取在学校开放日讲好个人故事。看到以"六帽"介绍的自己的特色，他极大地

增添了信心，后来在考试中也是"一路开挂"，以优异成绩升入
了自己心仪的中学。

这是他的故事：

一个 12 岁的孩子思考小升初的问题

蓝帽（议题）：如何能上一所重点中学？

白帽（信息）：A 附中、B 附中、C 附中、D 附中、E 中学、
F 附中

红帽（感受）：B>D>E>F>C>A

黄帽（价值）：自己的优点分析

1. 德、智、体、美、劳全面发展，三届区三好学生。

2. 中队委，为学校和班级争光。

3. 英语 FEC 相当于大学英语，雅思 6.5 分。

4. 数学迎春杯二等奖，比较难得。

5. 兴趣广泛，爱水粉素描，临摹过凡·高、莫奈的画作，获
得好评；击剑 C 级证书；爱好编程和创客。

6. 社交广泛，尤其是协助老师帮助水平差一些的同学，获得
同学家长的交口称赞。

7. 游历广，参观过 NASA 和美国大都会，对航空航天和艺
术充满了向往。

8. 对历史感兴趣，深入研究海战和历史，还自己设计潜水
艇，用 3D 打印机打印自己设计的零件，充满了想象力，为以后
的深入设计打好基础。

9. 自己写英文小说，在哈利·波特的原版小说的影响下，

自己目前创建了公众号，发表了 2 万多字的英文小说，有原创能力。

10. 非常善于表达和演讲，多次获得演讲比赛二、三等奖。

11. 上课积极发言，是老师的小助手。

黑帽（挑战）：自己的不足分析。不够专注；爱找学习的捷径，但意识到还是要应对难题；看书多，但有时蜻蜓点水；有时比较马虎，爱心算，不爱写演算过程；爱玩；有点拖延。

绿帽（创新）：创新的办法上重点中学。找老师写推荐信；录制视频展示自己；多参与活动，增加自己的知名度；和校外的孩子多交流；查询资料了解考上重点中学的方法及建议；把简历和自我介绍准备好；在老师感兴趣的地方介绍自己，用公众号推广自己，自我介绍要突出。

红帽（感受）：树立信心，突出精彩的自己

蓝帽（行动）：精心学习各种面试技巧；精心准备数学、语文等科目；准备参与多个学校的开放日活动，展示自己。

他说，这样的方法既很好玩又能够写出来很多自己以前没有想到的内容，而且还很清晰。这样去讲故事介绍自己，他会有具体抓手，知道说什么。后来，他不仅升入了重点中学，还成功经历了中考，成为一所知名中学国际部的优秀学生。这样的个人画像短小精悍、生动活泼，对自己和他人都是一个有趣的"看见"的过程。

此外，我们还可以从中筛选出凸显差异化的信息。比如，我们可以让小组讲自己的故事，让大家看见小组的三个

"最"，或者公司之"最"、产品之"最"、课程之"最"，等
等。让故事的内容有丰富的色彩的角度，有极致创新的深度，
有新颖独特的呈现方式，让思维的深度和广度为故事的内容
增光添彩。

3. 用"六帽"写作文的故事

一个十来岁的小朋友用"六帽"写作文，讲故事，受到了老
师的特别表扬。小家伙把原本要求用600字的篇幅扩展出很多细
节描述。读起来，让人感受到场景生动有趣，内容丰富多彩。老
师帮助她对作文故事进行了润色，又让她在全班同学面前进行了
朗读。

这是她用"六帽"写的一个春游的故事：

（蓝帽题目）

春日踏青动物园

（白帽信息）

春游的季节到了。老师组织我们班一行33人，20个女同学，
13个男同学，乘坐校车，前往动物园游览半天，回来要写一篇
记叙文。那是一个星期五的下午，早上的天气预报说气温24℃，
三四级风，有轻度雾霾。半天的游览参观，我们走过了十几个馆
舍，看到了大熊猫、狮、虎、鳄鱼、袋鼠、蟒蛇、猴子、朱鹮和
很多其他的动物，还吃了冰淇淋、三明治，在湖边唱了歌、跳了
舞。下午，家长快下班的时候，我们也离开了动物园，结束了半
天的春游。

（红帽感受）

我非常喜欢这次春游的经历。没想到，一个去了很多次，觉得没有什么玩头的地方，只要用心玩，居然还是感觉很好玩的。

（黄帽价值）

老师带我们玩得很舒适，同学们都不累。同学们互助友好，协助老师注意上下车、上下台阶的安全。我们在一起非常亲密，把平时没有时间说的故事、笑话，还有悄悄话，都在这个时候痛快地说出来。春天的暖意和同学的友谊带给我们最好的童年，大家在一起，气氛活跃，一起唱歌跳舞，让小动物也被我们感染了。

（黑帽不足）

不过，有一些遗憾，像熊猫馆我经常去，就觉得没有什么意思了。还有就是动物园里的味道不好闻，我们有的时候一边吃东西，一边还要闻着难闻的气味，不太好受。再有就是动物园里人太多了，也许多过动物，有时人挨人，看不见动物了。

（绿帽创新）

不过，哪里都会出现不足和困难，这恰恰是我们可以思考和创新的地方，不是吗？老师启发我们，如果我们是动物园园长，应该怎么改进这些不足呢？我想，可以在熊猫馆设计一个闯关游戏，问问题，答对的，就前进一关，最后的胜利者能够和熊猫近距离接触。至于难闻的气味，我想到的办法是每个人进门的时候就发一个香香的花环戴在手腕上，戴的人多了就香了，而且是流动的香味。花环的腕带上要写上小吃店、食品超市的地址和电话，吸引游客去他们的店里买食物，这样就可以让餐厅、超市赞助花环，也不用花动物园的钱。我还给班主任提了一个建议，让我们班在公园里搞一个"自己的动物园"，同学们用环保材料扮演一个个小动物，表演节目，全班三十多个人，那样的节目一定很有创意。

（蓝帽行动）

我和班主任说了我的想法，老师鼓励我把自己的想法通过邮件或者公众号的联系方式提交给动物园的管理者，看看会不会对他们有帮助。当然，还有就是争取下一次主题班会的内容由我设计。这次的春游不仅是看了景色，更重要的是有自己的创新想法，这是我春日踏青动物园的最大收获。（1000字左右）

老师的要求是写600字左右，结果这位小同学洋洋洒洒写了近千字。春游的故事在她笔下变得丰富生动、思路清晰、描写具体。学生和家长都感到"六帽"在写故事和讲故事方面会是一个极大的助手。

4. 用"六帽"分享决策的故事

我在讲授创新思维的时候，发现很多人都认为思维难以改变。如果只是平铺直叙地介绍方案，客户也觉得不痛不痒，没什么影响。于是，每次遇到不同的需求，我就会调动自己故事库里的内容，讲给客户，让他们对我的方法论有一个清晰快速的理解。

一次，一个公司说需要决策的引导。线上交流的时候，我讲了这个故事——老太买房记。

几年前，一位老太太找我寻求帮助。她的户口在北京，和子女同住，算是无房户，按北京市的规定，她可以申请自住型保障房。但是一般七十多岁的老人，谁也不会去干这个事情、嫌麻烦。可是这位老人非常认真，自己收集信息，打听情况，分析利弊，决定是否申请。后来拍板：申请！之后等待她的又是一系列的麻烦：填表、申报、等待审核。最后，她居然获得了资格，可以去选房子啦。老人经历了过山车般的惊险和兴奋——摇号获得了买房的机会，但困难也随之而来：某天下午要去开发商的楼盘，人家要求一个家庭要在两分钟之内从一千多套房源里面做选择，否则就要轮到其他家庭。老太太非常焦虑，吃不下，睡不着，而她的老伴只会在旁边瞎喊："这没法选呀！怎么可能！两分钟内在一千多套房子里选择。他们太坏了，怎么能这么办！"说来喊去，他唾沫星子乱飞，而其他人都快——疯了。

时间紧迫，第二天一早他们就要去选房了，现在还一团乱麻，争吵不休。我怎么能帮到老人家呢？我辅佐他们用了"六帽"的决策方法。

蓝帽：如何在两分钟内在 1700 套房子里挑出自己喜欢的？

首先获得白帽信息：

已知：这个小区一共 13 幢楼 1700 多套房源，分为内环安静区及外环嘈杂区；再了解小区楼盘的分布图；了解户型；了解周边配套——交通、医院、购物、环境、电力等基本设施。还了解到一共有四千多人申请。

未知：不知道多少人会放弃选择；不知道将来承诺的设施是否会到位；关键不知道两分钟内如何从一千多套房源中进行选择。打算多去了解他人的观点，上网搜索是否有人尝试过两分钟选房及具体做法，结果发现信息很少。

再用红帽筛选优先选项：

老人觉得自己选房依次考虑的是：楼、户型、朝向、楼层、小一居。即，除了小一居基本都要，老人家太想有自己的房子啦！

然后是绿帽想办法：

早点去，获取信息；然后马上拍照，记录已选的房源，再根据自己的标准筛选。

制定备选方案：

方案一：内环安静区，大房型，南房，5到18层都行；

方案二：次一级的选择；

方案三：再次一级的选择。

……

接下来是蓝帽的行动计划：女儿带着老人去选房。拿着图纸，拿着思考计划书，上面标着方案一、二、三……轮到自己选房，一看到自己喜欢的，马上拿下，毫不迟疑。

选房的结果老人家非常满意。按照事先的计划安排，一看到有自己满意的方案，马上决定，没有犹豫，没有纠结，没有拖泥带水、贪心不足。再看看会不会有更好的方案？不！严格按照计划实施。由于之前做了比较深入的思考和计划，选房非常顺利，几十秒钟这家人就选中了自己计划中最心仪的房子——最满意的楼号、户型、朝向、楼层。

后来我问老太太对我教给她的这种思考方法的体会。她说："你看，还是要想办法，只要想，总有办法。去想才有办法，老天都帮你。"她还说了一句话让我印象深刻："有勇气才有运气！"没错。抓狂、烦乱没有用，只有顶住压力，才能找到解决办法，运气才会是你的。

为老太太点赞！

以这个故事为例子，我向客户介绍说："在这个家庭里，买房挑房的决策也许是老人家做的一次重大决定。但如果千头万绪地想，和家人没完没了地争吵，依然没有结果。老太太很睿智，允许我用系统思考的方法引导她，最后得到了不错的结果。公司里也是类似的情况。一决策，要么有人抱怨任务无法完成；要么有人纠结焦虑，说想不出好办法。总之没有一个确定的、看得见的未来，大家迟迟不敢下决心去行动。用"六帽"这个决策方法进行思考分析，系统全面、减少遗漏、增进信心。"这么一讲，客户迅速理解了我的这一方法的应用场景和可能带来的成果，他们更有信心选择我的培训课程及引导方法。

事情讲不透就讲故事，用故事生成器组织故事的曲线、打造故事的结构、生成故事的内容，再让细节、场景为听众的理解推开一扇门，让他们自己去探索发现、去生成感受，让他们从别人的经验中获得感悟，从而为思考和行动提供方向。

128 像高手一样
讲故事

128 像高手一样
讲故事

128 像高手一样
讲故事

◆ 小结：◆

这一章介绍了创新简约的 SOS 故事主线，并介绍了故事生成器的组成，展现了如何用好一页故事汇的模板快捷高效地设计出一个完整的故事内容，并应用"六顶思考帽"的方法系统地完善思路，整合内容。

小练习：寻找首席故事官

一、想一想

1. 按照本章分享的"SOS"故事线（启程—挑战—收获），建构一个故事：

启程：描述一个初出茅庐的年轻人，怀揣着对大都市的梦想，毅然离家，只身来到繁华的都市。

挑战：年轻人在都市中遭遇了各种挫折，如找不到工作、生活费用紧张、人际关系的疏离等，这些困境让他倍感迷茫和无助。

收获：在一次偶然的机会中，年轻人遇到了一位智者。智者用自己的经历和智慧点拨了他，让他重新找回了自己的方向。他重新振作起来，克服了困难，最终实现了自己的梦想。

2. 分析一个你喜欢的故事，例如《肖申克的救赎》。

故事的细节：故事中主人公安迪·杜佛兰在监狱中的日常生活、他与其他囚犯的交往，以及他如何巧妙地利用自己的智慧为监狱图书馆争取资金等细节，刻画得非常生动。

故事的冲突：安迪在监狱中面临着种种冲突，包括与其他囚犯的冲突、与监狱制度的冲突，以及他内心对自由的渴望与现实的冲突等，这些冲突推动着故事的发展，使情节更加紧凑和引人入胜。

故事的启迪：它传达了一种对自由、希望和友谊的深刻思考。安迪虽然身陷囹圄，但他从未放弃对自由的追求和对生活的热爱。他的智慧和坚韧精神激励着人们勇敢面对命运，寻找生活中的美好。

3. 按照本章分享的故事生成器的方法，设计一个你的故事内容。

首先，明确故事的主题和核心信息，这是故事的灵魂所在。

其次，根据主题构建故事的框架，包括启程、启蒙和启发三个关键阶段。在启程阶段，设定一个引人入胜的背景和主角，让读者对故事产生兴趣。再次，在启蒙阶段，为主角设置一系列的挑战和冲突，让故事产生紧张感和悬念。最后，在启发阶段，通过主角的成长和转变，揭示故事的主题和深层含义，给读者留下深刻的印象。

4. 用本章分享的"六顶思考帽"的方法，设计你的个人介绍，或者写一个故事。

二、讲一讲

1. 用"SOS"故事之线讲一个令人印象深刻的故事。

2. 用"那是……但是……于是……"的结构讲一个故事。

3. 尝试在30分钟内用故事生成器——一页故事汇写出一个1000字左右的故事，并在5分钟内讲出来。

4. 用"六顶思考帽"的方法讲一个自己的故事。

第五章
故事之旅：像高手一样讲故事

学习高手，成为高手。

故事之心帮助我们扩展和梳理思路，故事之线将内容有机完整地串联起来。现在，有必要掌握故事高手都会用到的表达技巧，以此充实我们的故事之旅，否则我们虽然有了丰富的内容和深刻的思考，最后却在表达上败下阵来。临门一脚的犹豫和紧张，往往让我们功亏一篑。

▲ 第一节
高手讲故事的四大特性及 15 个技巧

1969 年，伦敦。

一群研究者出于对人们沟通效果差异的好奇，成立了哈斯威特（Huthwaite）小组。这个小组致力于探索为何有些人能够凭借言辞产生深远影响，而有些人却难以触动人心。为了寻找答案，该小组成员在随后的 11 年里跨越了 22 个国家，累计观摩了超过 35,000 场演讲。

1980 年，小组的核心成员之一，心理学家尼尔·雷克汉姆，凭借其卓越的研究成果成为公司总裁。他不仅在英国谢菲尔德大学深入研究销售学，还在 IBM 和施乐公司的资助下，领导研究团队对 35,000 多个销售案例进行了深入分析。这项研究历时 12 年，耗资百万美元，跨越了 22 个国家及地区，涵盖了 27 个行业。最终，雷克汉姆团队揭示了销售成功的关键要素，并据此提出了著名的顾问式销售法（SPIN）以及"特点—优点—利益点"的概念销售法（FAB）。实践证明，接受过这两种方法培训的销售人员的业绩比同公司的其他销售人员提高了 17%。

尼尔·雷克汉姆因此成为全球公认的销售咨询权威。他的培训和研究机构为全球 200 多家大型企业提供研究、咨询和研讨会服务，助力这些企业在沟通与销售领域取得卓越成果。

哈斯威特小组和尼尔·雷克汉姆的研究发现，在尝试说服和打动听众，让他们接受某种观点或信息时，有四个关键方面会显著影响演讲或沟通的效果。这些基于实证研究的方法论为我提供了宝贵的借鉴，让我应用于讲故事的训练和反馈中。我在他们的理论基础上进一步提炼出了"四大特性"及"15 个技巧"，只要运用这些技巧，你也能成为讲故事高手。概括来讲，"四大特性"就是训练表达的条理性、可信性、实际性、生动性。而要实现每个特性又必须掌握几个技巧。

1. 条理性

我们先看第一个特性：条理性。它有三个小技巧：1）写好开头和总结；2）给出顺序；3）承上启下。其中给出顺序是条理性的撒手锏。

讲话时，不少人爱说："首先，其次，这个，然后，那个，完了，完了……"听得大家直嘀咕："有完没完呀，啥时候完呢？"

这里，我给你个小窍门——"叫"条法。"呼叫"的"叫"，就是用阿拉伯数字1、2、3把顺序清晰地说出来。你可以这么说："我用15分钟的时间从三个方面来分享我的故事：1）我们的差异化；2）我们的价值主张；3）我们设计的逻辑……"这样说话，简洁清楚。

才华横溢的作家、身经百战的商人、学医8年的妇科医生……冯唐，人称"冯三点"，在麦肯锡工作多年，他一直被训练总结、归纳的能力，讲话只讲三点。

一次到北大演讲，现场有1000多人，至少几百位粉丝拿着书求他签名。当问到他为什么每次都能成功跨界时，他说，人活一辈子，如果从来没有成过事，那就一定不算成功，一定很难有存在感、成就感、安全感，也很难算是完整的人生。想要成功，首先做到三点：一、大处着眼，小处着手；二、不睡懒觉（勤奋）；三、屡败屡战。

别小看条理性，它可是讲故事的重要品质。讲三点足够了，听众跟得上，也记得住。

此外，我还建议你用一个更加激进的做法——达到秒级的精准计时。

不少公司领导向我抱怨，开会时员工的汇报演讲往往拖拖拉拉，导致会议严重超时。

如果你也为超时苦恼，我有一个特别大胆的建议——在讲话时，尤其是向领导汇报工作的时候敢于承诺时间。比如，你可以说："我用 8 分钟介绍两个重点。"然后在 8 分钟之际你恰好讲完。这体现了你是经过"精心准备"，能够精准把控时间。很少人敢这么干，你敢吗？

再看一看埃隆·马斯克是怎么讲的吧。

在一次主旨演讲中，主持人给他 5~6 分钟的时间。他说道，"好的，我尽量在 5~6 分钟的时间里讲一讲我认为最有用的东西，我想我会讲四点……"

要知道，现在给我们的时间越来越短，8 分钟说不清，80 分钟也未必说得清。

不少人讲话时信马由缰，讲哪儿算哪儿，听众也听得云里雾里。这时不妨使用"叫"条法，以阿拉伯数字 1、2、3 的形式把逻辑清晰呈现出来。当然如果能更进一步，你还可以将时间——精确到秒级。

2. 可信性

第二个特性是可信性，它有四个小技巧：1）说明产品、技术服务、公司的实际情况、优点；2）运用例子和类比；3）给出第三方的权威数据和参照，从侧面支持你的观点；4）运用多媒

体有效呈现内容。其中的撒手锏是——用好例证和类比，让内容
深入浅出。

十几年前我给一家美国高科技公司培训故事演讲。学员一上
来就说：

"老师，我们看一个人讲故事，就看两个'兜'：一个'兜'
里有没有信息量；另一个'兜'里有没有生动性。我们把讲东西
的人分成四个象限，也就是四类：第一类，是光有信息量，没有
生动性，我们称之为'良师'；第二类是生动性虽然很好但信息
量差，内容单薄，我们称之为'乐师'——吃着喝着听也行，但
是听完了就忘了；第三类是我们不希望见到的哟——既没有信息
量也没有生动性，我们称之为'巫师'；第四类是我们期待看到
的既有信息量又有生动性的，我们称之为'大师'"。

学员调侃着问我："老师，您是哪一类呀？"

我当时浑身一震，吓了一跳，但总算急中生智，我回答道：
"嗯，这个类比特别生动，让我一下子认识到什么样的演讲者是
受听众欢迎的。这正好也是我们一会儿要练习的一个核心技巧，
谢谢你们现在提到了。不过，我是什么样的演讲者，不能由我自
己说了算吧，要让你们来感受和评价。"

这个交锋让我深刻体会到好的类比极具穿透力，能产生立竿
见影的力量，也符合我们对好故事的定义——秒级的影响力。结
合罗伯特·麦基的故事理念，从根本上看，故事就是这两个方面：
结构和形式，即信息量和生动性。

所以可信性的核心是运用精彩的例子和类比，让枯燥的内容

顿时鲜活起来。亚里士多德说："会比喻是天才的标志。类比帮助我们通过打比方把复杂的事情说明白，深入浅出。"

形象贴切、通俗易懂，这是好的例子和类比的标志，也是讲故事中最重要的技巧。类比是举例的升华，它源于敏锐的洞察和思考，以联想和画面助力理解不同情况、阐明某个观点、提出独到见解。

3. 实际性

第三个特性是实际性，它有三个小技巧：1）多跟其他事情关联；2）多和听众联系；3）说明内容能带给听众带来的好处。其中的撒手锏是多和听众联系，表现出对他们的重视。

很多人在讲话时常说："这一点对大家都有帮助和好处。"要知道，"大家"说多了，每个人都认为"大家"指的是别人而不是自己。所以，这样的互动十分牵强。我的建议很简单，多用"点名"的技巧。例如，你可以这么说：

"今天，我非常高兴向各位介绍 ×× 产品。我看到了有贵公司的销售总监 ××、市场总监 ××。谢谢两位领导提出的'严苛'要求和期望。今天，我们诚心实意地带着这样一个产品来交付，希望能够达到咱们公司的标准。当然，如果还有哪些做得不够好的地方，敬请指正。"

你看，用到"点名"的技巧，点得越具体，点到听众的痛点，接下来的解决方案就越有针对性。谁都希望听到的内容是定制化的，与己有关，而"大家"这种十分牵强的联系和蜻蜓点水

式的互动，对在座听众的影响力终归有限。点得越具体，越能体
现对听众的重视。在座的都有谁？可否点出几个人代表这些听众
的类型？能不能归一归类？在分享具体内容时要和不同类型的听
众开展有针对性的互动。

4. 生动性

第四个特性是生动性，它有五个小技巧：1）运用问题；
2）强调重要性；3）运用得体的身体语言；4）运用抑扬顿挫的
语调；5）运用幽默或故事。你可以通过这五个技巧增强影响力，
建立充满自信和个性的风格。

生动性的撒手锏是打造一种名为"临在感"的状态，这一概
念源自哈佛大学心理学博士艾米·卡迪的深入研究。她在著作
《高能量姿势》中分享了一项令人耳目一新的研究成果：通过短
暂的身体姿势调整，我们可以激发出内心深处的高能量状态。

卡迪教授提出，当我们面临挑战或自我怀疑时，可以尝试一
种简单的心理暗示——假装成功。这并不意味着我们否认现实或
逃避问题，而是要在内心中暂时接受一个更加积极、自信的自我
形象。只需短短两分钟的时间，通过调整身体姿势，比如挺胸抬
头、站直身体等，我们就能感受到心理状态的变化。这种变化不
仅仅是主观上的感受，更有着客观的生理基础。

作为社会心理学家，卡迪教授通过实验研究证实了这种姿势
改变对心理状态的影响。实验中，参与者被分为两组：一组保持
充满力量的姿势；另一组则保持相对无力的姿势。结果发现，仅

仅两分钟的姿势调整，就让高能量姿势组的参与者表现出更加果断、自信、乐观的态度，抗压能力也得到了显著提升；而低能量姿势组的参与者则呈现出完全相反的心理状态变化。

卡迪教授进一步解释道："这种心理状态的变化与生理上的荷尔蒙水平密切相关。人体中，睾酮和可的松是两种关键的荷尔蒙。其中，睾酮与主导力、自信等积极心理品质相关，而可的松则与压力、焦虑等负面情绪相关。通过调整身体姿势，我们可以影响这两种荷尔蒙的分泌水平，从而改变自己的心理状态和行为表现。"

最后，卡迪教授总结出了一个重要的结论：身体姿势的改变可以影响我们的心理状态，而心理状态的变化又会进一步影响我们的行为选择和最终结果。因此，如果我们想要改变自己的外在命运，就必须从调整内在意识开始。通过假装成功，我们可以逐渐培养起更加积极、自信的心态，从而在人生的各个领域中取得实实在在的成功。正如卡迪教授所言："注意你常说的那些话，它们可能有着非同寻常的意义。"让我们从微小的改变开始，用积极的身体语言和心态去迎接生活中的每一个挑战吧！

无独有偶，斯坦福大学行为设计学教授福格在他的著作《福格行为模型》中，也详细阐述了如何通过细微的调整来引发行为的显著变化。他提出了一个简洁而有力的公式：B=MAP，即行为改变 B（Behavior Change）是动机 M（Motivation）、能力 A（Ability）和提示 P（Prompt）三者共同作用的结果。

动机是推动我们采取行动的内在驱动力。当我们对某个目标充满渴望，或者看到完成某项任务后的诱人奖励时，我们就会更有动力去付诸实践。因此，在寻求改变时，首先要明确自己的动机，找到那个能激励你不断前行的"目标"。

能力则是我们完成某项行为所需的技能和资源。如果某项任务对我们来说轻而易举，或者我们相信自己有能力胜任，那么我们就更有可能去尝试并完成它。因此，提升自己的能力，获取必要的技能和资源，是实现行为改变的重要一环。

提示是触发我们采取行动的外部信号。有时候，我们可能需要一个恰到好处的提醒或暗示，才能意识到应该采取某种行动。这些提示可以来自周围环境、社交媒体、朋友的建议，等等。因此，要留意身边的提示，并学会利用它们来引导自己的行为。

当动机、能力和提示这三个要素同时发挥作用时，我们完成某项行为的概率就会大大提高。这就像是一个强大的行为改变引擎，能够推动我们不断向前，实现自我提升和成长。比如，我们每次讲故事前先尝试一下自己的"4S"，与镜子中的自己来个互动：看一看、笑一笑、握一握手、聊一聊，先把自己心里的场域搭建起来。再比如，每次讲故事的时候，先以"伙伴们，你们好！"的开场白拉近和听众的关系，从这个小小的习惯开始改变。

生动性的撒手锏就是打造"临在感"状态，即用故事和幽默吸引听众的注意力，让他们沉浸其中、忍俊不禁、欲罢不能。如今，故事越来越成为一个重要的表达形式，茁壮发展起来。所以，当你介绍自己或公司的优势时，不妨尝试用一个引人入胜的故事来阐述核心价值观或独特之处；或者用幽默的语言来调侃一下行业的痛点，从而凸显你们的解决方案的优越性，让表达更生动、更有吸引力。

5. 四大特性及 15 个技巧卡片

你可以在脑海中构建这样的画面：一个故事，如同一个站在你面前的栩栩如生的人。

首先，这个人需要有一副坚实的骨架，这是支撑或者站立的基础。讲故事的时候，骨架就是清晰的结构，它如同人的脊梁，贯穿始终，为内容提供稳固的支持。**条理性**是构建这副骨架的关键所在。当你的故事条理清晰时，听众就能够轻松跟随故事的脉络，感受到清晰的章法和高效的信息传递。

然而，仅有骨架是远远不够的，一个栩栩如生的人还需要有血有肉才能充满生机。讲故事的时候，这些"血肉"就是细节和数据，它们构成了**可信性**。当你展示出更加深刻的内涵，展示出详尽的描述和准确的数据，听众就能领略到故事的真实全貌。

此外，一个真实的人不仅需要骨架和血肉，还需要关节来连接身体各个部分，才能自由活动。讲故事的时候，关节意味着**实际性**，意味着你与听众之间要有所互动。互动是双向交流的纽带，既能让你及时捕捉听众的反馈，及时调整表达的内容和方式，让你讲的内容更加贴近听众的需求和期望，同时也为听众提供及时反馈的机会。

最后，一个人的表情和活力是故事灵魂的外在体现。讲故事的时候，形象、动作、手势和声音共同构成了故事的**生动性**。一个充满活力和表现力的人能够用声音描绘画面、用动作展现力量、用问题启发洞察、用语言描绘情感、用幽默激活智慧，让听众真正感受到故事的生动与魔力。

需要强调的是，这些技巧并非凭空产生，而是基于实证性研究得出的宝贵经验。它们为我们的表达和训练提供了有力的支撑和指导。通过借鉴这些技巧，我们能够快速提升自己的水平，向高手的境界迈进。

以下是我根据故事的四个特性及 15 个技巧制作的卡片，供大家学习参考，见表 5-1。

表 5-1　四大特性及 15 个技巧卡片

1. 运用开场白和结尾吸引听众	2. 表明顺序	3. 承上启下，自然流畅过渡
4. 说明产品、技术、服务、公司的实际情况、优点	5. 运用例子和类比说明产品、技术、服务的优点	6. 给出第三方的权威数据和参照，增加可信性
7. 使用视听帮助使产品、技术服务等信息传递更为形象	8. 注意使话题和其他事情关联	9. 注意使话题和听众产生联系
10. 说明介绍和展示给听众带来的具体好处	11. 运用问题和听众互动	12. 强调重要性吸引听众注意
13. 运用得体的身体语言	14. 运用抑扬顿挫的声音	15. 运用幽默或故事调动氛围

第二节
打造个人人设

讲故事的人，作为一个叙述者，其角色的重要性不言而喻。好故事并非人人都能轻易复制，它需要的不仅是情节的巧妙安排，更是讲述者对故事的深刻理解和独特诠释。而这一切，往往源于讲述者的人设。

人设，即人物设定，它决定了我们要讲述什么样的故事，以及如何讲述。它不是一蹴而就的，而是在日常生活的点滴细节中逐渐塑造而成。每一次的选择、每一次的表现，都在无形中为我们的人设添砖加瓦。因此，我们必须时刻保持警觉，关注自己的言行举止，用心打造积极正面的人设。

优秀的人设往往能为我们提供丰富的故事素材，能让我们的故事更加真实可信，引人入胜。不过，面对负面评价和偏见，我们也不必惧怕，它们反而可以成为我们讲述"反转剧"的绝佳机会。通过击碎这些负面标签，我们不仅能够获得更高的关注，还能让人们看到我们坚韧不拔、勇于改变的一面。

要找到自我定位，我们首先需要了解自己在别人心目中的形象，这需要我们勇敢地面对自己的优点和不足，诚实地接受他人的反馈。只有这样，我们才能清晰地认识到自己在别人眼中的样子，进而明确自己的人设定位。

在确立人设定位时，我们要明确哪些特质是需要坚持的，哪些是需要改变的。对于与自己原本形象不相称的行为，我们可以通过刻意练习来逐渐改变，这个过程可能会充满挑战，但只要我们坚定信念，持续努力，就一定能够击碎那些束缚我们的标签，积累起足够的反差势能。最终，我们将成为一个更加立体、多面的人，拥有更加丰富、独特的故事。而这一切，都源于我们对自我形象的深入了解和持续打造。好故事的第一步就是在开口之前先解决讲述者的人设问题。弄清你自己在别人心里的角色，然后再根据这个角色，准备故事。例如乔布斯被贴上了"先知"的标签，他一直讲着"不同'凡'想、改变世界"的故事。马斯克被认为是"硅谷钢铁侠"，他的故事始终立足于漫威电影的科幻视角，始终立足于服务于人类文明的长远发展。

　　我有一个称号，叫"导师的导师"，因为我不仅是几乎所有合作单位的首席讲师，还为很多培训和咨询机构的创始人提供教练和辅导，是我们的版权课程认证讲师，参与高管面试和辅导。

　　几乎在任何场合，我与我的听众之间开启交流的方式都是："来，说说你的故事吧。"

　　有一次我和一位公司的高级 IT 总监交流，谈到我的故事。从"Why me？"开始，她拍案而起，呼应道："没错！我参加晋升能力中心测评的时候，老板开口的一句话就是'来，说说你的故事吧。'"很多老板对于候选人的点评和反馈是，"他们不会讲故事，好像也没有经历过什么挑战。这样的人，怎么能带团队呢？"

　　当然，也有很会讲故事，能够让自己赢在职场的。

一位公司的高级 IT 经理在晋升面试的时候这么说：

各位领导好！我是一名见证了 37 次封控的 IT 工程师，'乐观面对封控'说的就是我。经常出不去门、回不了家，天天住睡袋、吃泡面，我还能活蹦乱跳，精力充沛，为什么呢？我想说说我的故事，我们 IT 部门的故事，我做了什么，做对了什么，又是什么让我带领的项目组人员如疯如癫，如痴如醉。

听众抑制不住地好奇，期待他接下来的精彩分享。你看，短短的几句话，他把自己面对的挑战传神地描述出来，又很有技巧地介绍自己如何乐观面对挑战。这是一个跌宕起伏的 "SOS" 故事线，不仅呼应了听众对主人公遇到困难和战胜困难的英雄事迹的渴望，更增加了听众对 "英雄" 的好感，激发了听众把团队交到他手上的信心。

我曾有幸为一家教培机构的优秀员工辅导他们在年会上的故事分享，目的是激励全体员工看到公司对人的投入，以及个人在这个优秀平台上的发展空间。

有一位同事，以 "简单最有力量" 为主题，分享了她对公司战略定位的感受，并汇报了在短短时间里她取得的成绩。她的故事开篇设计精巧，非常符合她的人设。她的发言如下。

尊敬的领导、同事们，你们好！

我是来自高中教师服务部的学科研究员。一句话介绍自己，那就是：抗压抗造爱变化的年轻人。

咱们为什么相聚于此？您为什么出现在这里？理由有千百种，可能您是位好领导，来看一看咱们公司版的 "年会不能停"；

可能您是咱的守正人，来领悟"不失其法，不拘其道"的哲思。而我是谁？我希望自己是一块引玉之砖，以"简单"思想的一己之见引出各位的精彩发言。

她之后的分享牢牢聚焦在自己"复杂的事情简单做"的形象定位上，每当遇到困难，她会如何拆解问题；执行过程中，她会如何组织伙伴们走一条"人走弓背我走弓弦"的赶超之路。寥寥数语，一个持正坚守、简约大气的形象就树立起来了。她的故事也收获了众人的赞赏。

还有一个伙伴，思路新颖，人设的打造也非常巧妙。他先树立了一个对公司有着"爱恨情仇"的形象，但是随着故事的起伏，他的态度、观点甚至角色都发生了巨大的反转。这个故事成了优秀样本，尤其他的人设的独特性、鲜明性以及惊艳的反转，都体现出故事高手的风格特点。他的发言如下。

各位伙伴们，你们好！今天我分享的是我与项目部的爱恨情仇。我不是咱们这个项目部根正苗红的人，是从之前的同步项目部调岗过来的，所以这中间有很多的爱恨情仇。我为什么要调过来呢？第一个原因：这是公司需要，我应该在公司需要的时候站出来；第二个原因：这是对我工作的肯定，领导认为我可以胜任这个工作；第三个原因，这是我的一个发展机会，我也有了更高的施展拳脚的平台。

为什么让大家听我的故事呢？因为我想把我这几年的管理与研发的经验分享给大家，希望在细微之处能给大家一些启发，在工作遇到困难、坚持不下去的时候，大家能稍微有些慰藉。

我记得很清楚，那是 2020 年 11 月份，那时候的我是另外一个同步项目部的学科策划。有一天早上，我的领导突然问我："现在有一个新的项目部因为发展需要，有一个主任的岗位和一个项目策划的岗位，你想不想去？"当时我蒙了，我以为是我干得不好要被领导舍弃了，所以考虑都没有考虑就拒绝了。三天后，我的领导说，"走，跟我去趟北京，老总要面试你。"当我听到这个消息的时候快要崩溃了。稀里糊涂地，我和另外两个小伙伴就去了北京面试。面试后领导直接把我调到了新项目的策划岗位，从此我就开始了和这个项目的爱恨纠葛。

刚到项目部的时候我十分迷茫，那时候的我充满了"恨意"，遇到的困难和挑战太多了。首先，我要从只负责一个学科到负责九个学科，完全不知道应该如何开展工作，甚至说，其他学科使用什么版本的教材。有几本书，我都不清楚。其次，以前积累的问题严重影响工作的开展，例如：产品经常变来变去，没有底层逻辑；校对技能薄弱，经常不合格，严重影响图书质量；编校未分离，编辑不会审稿；编辑人员不足，作者资源不足等。除此之外，因之前的问题，导致和其他部门的合作很不顺畅。在这样的条件下，我一度想退缩，但领导的一句话点醒了我，他说，"强者从不会抱怨环境，你只有在逆境里崭露头角才能证明你的实力；一直处于顺境里，那是因为你的平台优秀，而不是你。你现在放弃就是逃兵，所有人都会看不起你。"那一晚，我彻夜未眠。

后来，我把所有的问题都列出来，并制订改进计划。产品没有底层逻辑，就深入研发，确定产品的底层逻辑；编辑不会审稿，就手把手教他们如何审稿；作者资源不足，就利用身边所有的资源去开发作者。

时至今日，我来咱们项目部三年了，现在这个项目部的发展情况相信大家有目共睹，我对它也充满了"爱意"。我的"爱意"，源自于我三年的心血。我爱我们的项目部，因为这里有所有人的努力；我爱我们的项目部，因为这里承载着我的梦想；我爱我们的项目部，因为这背负着81个家庭的希望；我爱咱们的项目部，因为我相信，未来，公司一定会以咱们为荣……

这位员工"爱恨情仇"的人设一下子抓住了听众的注意力。一波三折的故事曲线把事件的细节、过程中面临的挑战、成功结果带来的启发等一系列故事要素生动活泼地串接起来，精彩纷呈，令人赞不绝口。

▲ 第三节
高手的魅力

前面讲过的四个特性的高手技巧可以助力我们打磨故事。在条理性方面，我们可以尝试给出清晰的逻辑，让听众轻松跟随我们故事的思路；在可信性方面，我们可以运用具有画面感的类比和例证来增强故事的说服力；在实际性方面，我们可以通过与听众的互动来说明故事里的观点对他们的实际利益与价值；在生动性方面，我们则可以运用幽默让听众在轻松愉快的故事氛围中接收信息。

不过，这些不是"教"会的，而是"逼"会的。你想成为高手，就要知道高手是如何锻造的。

1. 演讲大师的魅力

我是德博诺中国的首席讲师，致力于系统思维和创新思维的培训。我们使用的方法论是由爱德华·德博诺博士设计的，如六顶思考帽、水平思考、简化、感知的力量，等等。在思维培训领域，德博诺被誉为"创新思维之父"。我和德博诺博士一共见过三次，分别是：他在上海演讲、在北京培训，以及我去马耳他参加全球首席讲师会议。老先生的安静、睿智、幽默给我留下深刻印象，其中有几个演讲的瞬间让我特别动容。

第一个瞬间是他对故事的精巧切入，把复杂抽象的事情讲解得清晰、直白、有趣。那是 2011 年 10 月，他出席了在上海举办的一场《与大师一起思考》的专场讲座。在开场致辞中，他以"我们的使命——建立思考者的殿堂"为主题进行了分享。我筛选了其中的几个片段。

首先，他开宗明义地说道：

大家早上好！我今天为大家分享'思考'这一主题。思考是人类最重要的技能之一。英国的研究表明，在学校，教授思考这门学科可以让孩子们的其他学科成绩有大幅提升，思考力和效率提高 30%~100%，不论是科学类课程或者其他课程。在中国，目前共有 68 所学校教授我的思维方法，如果我们去教授孩子们思考，那么 20 年之后，中国会成为世界最领先的国家。思考的魅力和重要性可见一斑。

当下我们是怎么思考的呢？

我先讲一个故事吧。一个人的双手被捆住了，脚边放着一把小提琴。那么，你怎样才能让这个人拉小提琴呢？很多人说解放他被束缚的双手。难道给他自由，他就一定能拉小提琴吗？那是不是还要看他有没有拉小提琴的能力？是否掌握了拉小提琴的技巧呢？思考也是如此，不是说我们被赋予了自由就一定会思考、会创新、能创新了。我们还需要思维的方法论和工具，并且需要努力地训练，才能够会创新、能创新。

德博诺在讲座一开始就强调了题目的重要性，为什么要讲给"你们"听（Why you）？为什么要讲这个主题（Why this？）。他强调了对听众的价值，甚至对于整个国家的意义。当然对于"思考"这个抽象含蓄的课题，他没有一上来就讲道理，而是讲故事，让我们立刻产生对自己的觉察：哦，我们平时的思考方式是有惯性和盲点的。

第二个瞬间是他用了很多例子、类比，甚至玩笑，让听众牢牢追随他演讲的思路，不分神。

他接着分享：

比如，医院里有医生，患者进来，医生肯定要看一下病史，同时还要进行检查。医生这样做的目的是什么？医生是在寻找一个标准的可参考的情况，就是一个标准的疾病的表征。一旦医生能"对号入座"，找到了标准的疾病表征，就可以把标准的治疗方法应用在患者身上。因此，这样的思考方式就是要找到情况是什么，进而根据病况提供治疗方案，这是大部分的逻辑方式。

同样在学校，几乎百分之百的教育模式跟刚才讲的这个方式差不多。先分析情况，找到一个标准的参考，然后给出一个标准答案。在商业或现实生活中，95% 也都是这种思考方式：找到标准情况，给出标准答案。这没什么问题，这么做也很好，但是，这样做好像还不够。

我们需要一个新单词，这是很多年前我发明的一个词，叫"EBNE"。它是什么意思呢？Excellent But Not Enough，优秀但还不够。我们为什么需要这个单词呢？因为在我们的语言体系中，有时我们会有争执，你觉得这个好，或者觉得不好，认为不好的就要去改变。但是，并没有一种方式说这个不错，这个可以，但我们还可以做得更好。"EBNE"就是这个意思：不错！但还要更好。这么说不代表否定别人。我们现在的思维模式已经很好了，但还不够。为什么不够呢？因为现有的模式主要关注寻找真相，而找到真相是指向结果，在科学领域尤其如此。这一模式对有创新价值的思考并没有太多的激励。因此，"EBNE"这种思维方式在思维领域非常重要。这也是我今天要讲的核心内容——创新思考，建立以创新价值为导向的思考方式。

我认为，人类大脑最了不起的一个方面就是幽默。因为你可以通过幽默了解大脑其他的功能。幽默是一种模式，这种模式系统的核心是不对称。这是什么意思呢？我给大家解释一下。举个例子，一个 90 岁的人死后去了天堂。他看到另外一个 90 岁的朋友，跟一个年轻女孩谈恋爱。他跟朋友说："你这是在地狱还是天堂呀？"朋友说："是地狱，因为这个女孩因我而受到了惩罚。"你看，这就很幽默，它不同于正常思路。

创新思考与此类似，我们先按照正常的路径走，然后再绕开，最后再回到我们期待的终点。不过，一旦有了创新的想法或点子，必须要体现出它们的价值，符合逻辑的价值，并且能够让人们看得到。很多人在创新领域都觉得只要做到有所不同就够了，但是，不同还远远不够。在创新当中，一旦有了想法，你必须要展示出价值。比如说看到一扇门，你会说："哎呀！门一般都是长方形的，那我做一个三角形的吧。"这并不是创新，除非你告诉我这个三角形的门有什么价值。真正的创新都是有价值的，并不是为了标新立异。所以你一旦有新的思路，就必须要找出其中的价值。

这就好比早上起床，从头到脚，从里到外大概会有 11 件衣服的穿搭组合。这 11 件衣服有多少种穿戴方法呢？如果你用电脑尝试各种排列组合并一一展示给你，需要 40 小时！因为一共有 3900 多万种不同的穿戴方法（11 的阶乘）！如果你想每一分钟换一种新的穿搭，那你必须活到 76 岁，而且其他什么事也不做。即使是可行的穿搭方案也有 5000 多种，比如你不能把内裤穿在长裤外面（除了超人）。所以这不是一个有效率的方式。我认为，创新等于突破大脑固有的思考模式，展示新的价值。

德博诺给出了非常丰富的例子来说明我们当下的思考方式，这些细节、事实和例证丰富了听众对于"思考"这个抽象概念的代入感。他的高明之处是运用丰富的类比和幽默，把枯燥的内容形象化，用故事的方式呈现观点，让听众更容易理解。

第三个瞬间是他对于听众情绪的有效调动，他把个人、组织所遇到的挑战及应对挑战的信心和勇气统统注入听众的心田，让听众感到心潮澎湃，跃跃欲试。

他接着讲道：

我希望看到思维培训能够首先在中国引发"思想文艺复兴"，培养我们和孩子学会如何去设计要做的一件事情。现在学校里总在教授分析问题的思考方式，学生走出校门后也就懂得分析问题，但是解决问题的能力却不够强。我是一名医学博士，从医学研究开始，逐渐过渡到研究大脑的工作机制。我的工作范围特别广，既给各个领域的从业人员做思维培训，也给年幼的孩子做培训。事实证明：思维方式的变革非常重要。

他又问大家：

您听过以下的说法吗？认同这些说法吗？

"只有艺术家才有创造性。"

"主意总是自然产生的。"

"有些人有创造的天赋，有些人却没有。"

"创造力来自于对现有事物的变革。"

"只要解放自己，创造力就会产生。"

"运用工具和技巧来进行创造，太束手束脚了。"

　　以上这些说法都是对创造性思考的误解，它们一一被我提出的创新思考法彻底打破了。其实，人人都可以创新。人们现有的思维模式主要是判断型、分析型，而我提出的思维模式是创新型、设计型。如果我们把这个思维方式看作一辆汽车的话，后面的两个轮子相当于知识、信息、分析、评论，前面两个轮子，一个相当于创新，一个相当于设计，这两个轮子给我们提供的是方向。很多人对知识、信息、分析、评论都很在行，但是对前面两个轮子的重视很不够，应试教育就是如此。

　　我的思维核心是创新和建设性思维，探索更多、更好的可能性，立足点于向前看。两千年以前，中国在科技等各方面都是领先的，后来是什么阻止了中国的发展呢？我认为一个原因在于：中国总是从一个确定引出另一个确定，再引出下一个确定，而对假设、可能性考虑得很少。没有可能性，没有创新，就很难发展。孩子的成长和教育也需要对他们的思维进行开拓。

　　在我的理论中，"是什么"代表一个问题，对应地是给出一个确定性答案，而"成为什么"是另外一回事儿，在当今的社会环境中应该特别强调"成为什么"。在传统的应试教育中，分数就是一个标签，把好学生和差学生区分开来。其实每个孩子都有自己的特点，一旦用"是什么"来界定，往往会限制他们的发展，而"成为什么"赋予他们更多的可能性。孩子们在应试教育之外，如果能进行专门的思维训练，对他们的成长、发展，会很有裨益。

　　德博诺这时又讲了一个故事。

有一个澳大利亚的小男孩叫约翰尼，才五岁。他的伙伴让他在两枚硬币中选一个。大的那枚是 1 澳元，小的那枚是 2 澳元。他每次只能拿走其中的一枚。结果，小男孩总是拿 1 澳元的硬币。伙伴们都觉得他很愚蠢，认为这个小男孩不知道小的硬币的价值是大的两倍。每当他们想愚弄约翰尼的时候，就会给他硬币让他选。但约翰尼每每总是拿那个 1 澳元的硬币，似乎每次都吸取不了教训。

一天，一个大人发现了这个情况，就把约翰尼叫到一边，告诉他小一点的硬币比大的价值更高——即便看起来可能不是这样。

没想到，约翰尼很礼貌地听完大人的建议后，说："谢谢您，先生。我知道，但是如果一开始我就选了那个 2 块钱的硬币，别人还会给我机会让我再去选吗？"这时，轮到大人的下巴惊讶得快要掉下来了。大人问约翰尼："你怎么会这样想办法呢？"小约翰尼说："嗯，我上过德博诺博士的思维课程呀！"

听到这里，大家笑得前仰后合，大厅内的热烈氛围几乎要震破屋顶。

在致辞的最后，德博诺很有信心地说："我预测，20 年内中国将发展为一个伟大的思维之国，这也是我对中国思维训练的理想。实现它要分三个阶段：第一个阶段，就是到所有的学校里面教授这种思维；第二个阶段，在每个大城市建一个创新思维中心，将这个中心延伸到教育、商业等领域；第三个阶段是在语言方面推动创新型语言。众所周知，中国的发展速度特别快，但是它的优质生产力水平还可以进一步提升，改变这种状况的一个方法就是创新，要有新的观念，并推广新的观念。通过这种培训，中国的生产力水平与其他发达国家的差距会更快地缩短。下面我就详细介绍一下我的系统思考和创新思维的工具……"

现场听众报以热烈的掌声，大家充满期待地进入到思考工具的详细分享。

2. 高手的技巧

德博诺博士曾为企业、国际组织、政府机构、教育机构做过几百场演讲、分享、讲座。剖析细节，我们依然能看出高手展现出的方法和技巧。

首先，他从"为什么"启动：为什么讲思考这个主题？这个主题为什么和听众相关？为何重要？他在一开始就突出了主题的重要性，引发了听众的兴趣。

在致辞中，他随手举例，引入类比，分享故事，信手拈来之间启发我们。他解释了惯性思考的现象，指出目前思考的局限性，如思维盲点、过于追求确定性而忽视了可能性等。但是，他带给我们更多的是信心和勇气，他要我们相信自己，相信人人都可以提高思考和创新能力，我们都要用好"思考"这个人类最根本的资源。

从四大特性技巧来看，德博诺博士的分享有清晰的条理、有翔实的信息和数据、有现场的互动交流，也有生动演绎的问题和故事。他把对每个人很重要但又太过深邃的主题以深入浅出的方式分享给听众，让人们在短短几分钟之内就对他的方法有所认知，对之后要讲的内容充满期待。

我在现场，看着400多人听得认认真真，一会奋笔疾书，一会凝神思考，一会举手抢答，一会小组研讨。大家跟着德博诺博士的节奏，在一整天的时间里充分体验了"与大师一起思考"的乐趣。

结构、形式、内容、技巧相辅相成，必将构成一场精彩的分享。如果我们能够运用好讲故事的思路与模板，运用好高手的技巧与方法，我们的故事也必将更加引人入胜、更有专业水准。

小结：

这一章介绍了高手在讲故事中会用到的一套行为技巧——四大特性及每个特性的撒手锏，以及打造人设的重要性。如果我们能够灵活且充分地运用这些技巧，我们的故事演讲也一定能像高手一样有效。

小练习：寻找首席故事官

一、想一想

1. 请按照本章分享的高手的技巧，准备一个 5 分钟的故事演讲，尝试运用四大特性技巧。主题是：我（我们）是最棒的！请尽量给出具体细节，有清晰的结构和过渡衔接，有翔实的例子和数据，以及有画面感的类比，有对心目中听众的价值呈现以及有针对性的互动交流，有丰富的幽默故事，等等。

2. 请用本章分享的模板和量表，对自己或者他人的一个故事演讲进行评估和反馈。

二、讲一讲

1. 在 5~8 分钟的时间里，运用四大特性技巧讲出一个完整的故事。

2. 关注每个特性中的撒手锏，看一看你是否都用到了。

3. 观摩一次你心目中的高手分享，以四大特性和其中的重点技巧为参照标准进行复盘，找到这次演讲的成功因素。

第六章
故事思维应用案例——
用故事思维决胜未来

故事是拉近关系的促进剂。

　　故事，有着无与伦比的力量，能打动人心，能传递深刻的信息，甚至能够改变人们的思维和行动。那么，什么样的故事特别受听众的青睐呢？你不妨尝试以下三类故事：

　　第一类，"我"的故事——自己的故事，与讲述或分享的主题具有直接的关系。

　　第二类，"他"的故事——他人的故事，他人的经历，能让观众产生共鸣。

　　第三类，"成功或失败"的故事——分享故事背后的思考和启发，没有失败，只有成长。

　　当然，我们还可以聚焦更多场景的故事。

◢ 第一节
打赢一场部门"保卫战"——赢得认可

　　一家公司的高级经理找我帮忙，用周末一天的时间辅导他们一个业务部门的四位总监，应对周一给新来的 CEO 作英文汇报。这个部门面临着十分窘迫的处境：如果工作汇报出色，领导看到了部门的重要性，可能会马上划拨资源，这个部门和产品线会得以保留；但是如果部门工作汇报不能让领导满意，这个部门很可能面临被裁撤的危险。他们压力巨大，怎么办？

　　这不亚于"生死存亡"的关头，汇报的力量也成了一场部门"保卫战"，生存与毁灭在此一举，重要性无须赘言。关键是新任 CEO 大家都没有见过，属于什么风格也不清楚，大家只能按照自己的理解，充分准备。于是，这四个人加上我和高级经理，秘密找了一间酒店的会议室，集结众人的智慧，思考如何打赢周一的"保卫战"。

　　首先，我快速介绍了我的训练方式及特色，强调用极简创新的故事线架构汇报演讲的内容。我问四位总监："为什么是你们来讲？为什么 CEO 来听？你们想让他了解什么？理解什么？你们如何用 3W 的方式启动汇报和分享。"

　　其次，我提醒四位总监要开宗明义，确定目标，换位思考。站在 CEO 的角度设想一下：听完演讲，他能否了解本部门的重要性？了解产品带给公司的价值？清楚产品在市场上的地位？明确取消部门可能带来的后果？当然，最后的决策权在于领导，汇报人能做的就是老老实实地提供信息，让领导充分了解实际情况以及来龙去脉、前因后果，然后辅助他最后做出决策。

再次，我让大家用价值模型建构各自汇报的核心，开始思考：这次汇报对这四位总监的价值和意义是什么？是让部门得以保留，还是让领导更好地认识他们的能力，即使部门被取消，他们在公司依然还有别的发展通道？同时，对新任 CEO 而言，他十分希望了解部门和公司的运作，了解人员的能力，了解总监们能否在新的岗位上大有作为。从这个角度上讲，这次汇报实际上也可以看作是一次内部面试。

最后，我们沿着价值模型向下进一步探索可能会遇到的挑战及阻碍。比如，该部门面临的问题是什么？ CEO 会问哪些挑战性的问题？如何能用"SOS"故事之线串接起每个人所讲的内容？如何用数据、事例展开分析，让领导在信息交流中有清晰的画面感和场景的代入感，迅速理解汇报的情况？

梳理完思路，我做教练，让四位总监一个个"过堂"分享。虽然每个人的风格不同，但我要求他们都要用到高手的行为技巧把内容呈现出来。

实际上，这四位总监要做的是一次集体汇报，每个人负责一部分，他们之间的承上启下非常关键。于是，我们重点演练了衔接。一个人讲完了，可以小结一下，然后看着下一位演讲者，说："好的，这是我汇报的部分，下面由我的同事来介绍下一部分。"每一个演讲者要突出说明自己主讲的部分，"你好，我讲的是第×部分，在这个部分，我着重分享×××。"这样，一个人向下一个人交接时就非常清晰，顺畅从容。经过不断演练，我们充分考虑到各种情况和突发事件，四位总监也拿出看家本领，在一天里有了快速成长。

周一，他们趁热打铁向领导汇报，我在场外默默为他们祝福祈祷。高级经理一边在现场听，一边给我发信息："嗯，这个讲得特别好，老板笑了。这个讲得还行，老板没有提什么问题。这个讲得深入，例子特别传神，咱们昨天准备的他们都用上了。这个有点紧张，看来后面还需要提高。"

听完汇报，领导非常认可大家的工作，也做出初步的决定，将这个部门先保留下来，后续再看发展的可能性。四位总监经受了人生中最重要的一次汇报。我相信，他们强烈的求生欲现在也转化为满满的幸福感，赢得了信任，终于还是"活"了下来。

▲ 第二节
转变思维获得突破

1. 600 多个创新主意：没有不可能

那是 2022 年 4 月，我为一家大型奢侈品集团旗下的化妆品公司做培训。不，严格来讲，这次培训更像是一场超大型会议的引导。在这家公司的创新年会上，410 位销售精英齐聚一堂，公司领导邀请我现场教会他们应用创新思维工具，并让这些精英们现场思考并解决一个关乎企业发展的难题。

我介绍完创新思考工具之后，大家直奔主题，开始头脑风暴。410人被分成了20个小组，在偌大的宴会厅里各占一片区域，热火朝天地讨论起来。短短的1小时，他们想出了1600多个主意。

首先，20个小组先进行大区内的比赛路演，之后我们又筛选出8个组代表各大区登上主席台进行分享。他们一个个讲述着精彩纷呈的创新故事，最后领导颁奖的致辞将整个会议推向高潮。

讲话的领导智慧而犀利，她在给冠军团队颁奖时说道："今天的活动令人热血沸腾，我想可以把它改编成我们公司的创新故事。刚才8个小组的创新分享也让我眼前一亮。我有两点感受：第一个感受是，看到20个小组平均每组想出了80多个主意，在1个小时里能想出1600多个主意，效率很高。这么多的想法带给我的是信心！我相信，从这1600多个想法中，我们一定能够筛选出更具有生命力、更具有想象力、更具有操作性的主意，我们今年也一定能够完成目标。先祝贺大家了。第二个感受是，以前我们都在说要创新，要有新颖的想法。今天我发现，以往我们在创新思考中，连多提主意这个任务往往都没有完成。我们总认为，想不出来了，不可能了。今天，你们看看，还是咱们这些人，我们能想出来这么多主意。你们觉得有可能吗？"主席台下呼应的声浪好像快要掀翻屋顶："有！有！有！"

1 小时，1600 多个主意。后来，我又多次去这家公司培训。他们告诉我，那次年会提出的很多想法都在付诸实施。他们对当时年会激动人心的场景依然津津乐道。他们不仅有了创新的想法，更是不断地讲出个人和团队的创新故事，从而获得了全球总部的高度肯定，在人员晋升和营销推广方面都取得了卓尔不凡的成果。

会议上我对创新工具的分享、团队伙伴们的创新故事分享、公司领导的感悟分享，环环相扣，共同促成了全体员工思维的改变。所以，我们一定要积极主动地去想，去生成更多更好的想法，去挑选更优秀的想法，同时还要有讲好故事的能力，把一个个想法精彩纷呈地展现在听众面前。

这个故事激发着我在培训创新思维的领域里不懈耕耘努力，致力于把更好的创新工具分享给更多的客户，助力他们讲出更好的创新故事，推进新的应用和改变。

2. 从"约架"到合作

一位学员利用周末两天参加了我的"六顶思考帽"的培训。周一上班路上她就运用"六帽"来帮助。

先生实现换位思考、化解冲突，并与项目组同事建立良好的合作关系。随后她用"六帽"的方式记录了引导先生思考的过程，并兴致勃勃地把故事发给我，让我们一起感受思考的力量带来的转变。

老师好！

我上周末有幸上了您的六帽（Six Thinking Hats）的课程，受益匪浅，其他赞美的话暂时按下不表。下面我以我的实际运用作为对老师这次精彩培训的反馈。

周一我跟老公一起上班。路上，他愁眉苦脸、闷闷不乐，问他有什么事，他说一早去要跟人吵架，心里很烦。我就奇怪了，问他为什么要吵架。原来事情是这样的：他在集团公司担任人力资源经理，集团要开发一个酒店项目，从落成到运营整个过程都由一个新西兰专家担任运营总监，进行项目管理。现在这位外籍人士要聘请一个IT项目经理，而且越快越好。但是站在人力部门的角度，这个酒店尚未落成就招聘人员，可能会出现很长时间领着工资却无所作为的情况。但是这个总监比较固执，往来邮件沟通中措辞已经相当严厉，认为人力资源部门的支持很不理想。于是，今天一早双方组织了一个"约架"会议。

我听完后，发现先生在整件事情中对抗的情绪很重，尚未开会就抱着一个"我们的宗旨就是不给他这个人"的观点，将自己的个人情绪凌驾在所谓的逻辑推论之上，钻进了一个死胡同。周末下课后我已经对他进行了"六帽"的大致的转训，我想这是个好机会，由我来尝试一下，运用"六帽"法解决这个问题。

蓝帽（议题）：我们怎样才能在IT项目经理的用人问题上跟用人部门意见一致？

白帽（信息）：

已知信息：

（1）酒店明年 10 月底落成。

（2）市场总监是业内非常资深有经验的人才，才到岗不久。

（3）总监入职时早已跟老板确定好现在的招聘需求。

（4）公司现有的 IT 部门不足以满足酒店管理的 IT 需求。

（5）现在聘请这个 IT 项目经理，他第一年的考核标准无法设定，也就无法对其进行考核。

未知信息：

行业内其他酒店的做法（先生本人也承认这一点是他没有考虑但是很重要的）。

其他人的观点：

（1）跟猎头打听一下类似项目的招聘时间节点。

（2）同业其他 HR 是否能提供一点信息。

红帽（感受）：这是亚太区人力资源总监给的任务，一定要执行，否则无法交代。

黄帽（价值）：

（1）在酒店业，IT 对运营管理的支持作用至关重要，IT 项目经理参与前期讨论，将对整个项目有很大帮助。

（2）IT 项目经理可以尽早了解情况，尽早进入状态着手自己的业务。

如果现在招到人，即使不去做酒店业务，也可以帮助公司 IT 部门做一些其他项目（其实说完黄帽，他的对抗情绪已经基本平复，觉得一个新来的市场总监希望有一番作为，所以要招聘这样一个人员，他应该表示理解，而不是一味责怪业务部门没有人员管理的经验。)

黑帽（风险）：

（1）劳动成本不易控制。最近总部人力资源部门已经在对公司内部一些不盈利项目进行成本管理，这个招聘很难获批。

（2）KPI设置的困难。因为没有具体要实现的东西，很难在硬指标上给IT项目经理设定目标。

（3）虽然这个人招来可以在IT部门帮忙，但是现有的IT部门并不缺人手。

绿帽（创新）：

要找到一个适合的时间节点，比如说在酒店大楼建造完毕进行内装的时候，或是设备到位的时候，招聘这个IT项目经理，既满足用人部门的这些需求，也满足了人力资源的劳动成本控制。

蓝帽（行动）：

（1）开会前先去收集前面提到的未知信息，看下行业标杆。

（2）开会时可以将"黄黑两顶帽子"向这位市场总监进行一下解释，促进彼此互相谅解。

（3）在会议中结合自己了解到的信息以及市场总监的经验，选择出一个双方都可以接受的招人时间点，然后各自回去说服各自的老板。

我们整个讨论大概在15分钟左右，期间我打断了好几次他的抱怨和"跑题儿"，专注在我们这个事情上，效果显著，总结如下：

（1）我先生的态度不再是一味地对抗，特别是说完"白帽"

的未知信息以及"黄帽"后，他突然恍然大悟：人家在邮件中提到的×××信息是有道理的。

（2）我本身不参与这件事情，没有任何倾向性，我仅仅是专注于对于整个思维流程节点的控制，这取得了很好的效果。

（3）只要愿意去思考，总是有办法的，吵架是一种最无效的手段。

（4）开会前，自己最好先用"六帽"过一遍所有的事情，平复自己情绪，让别人充分感觉到你的专业度以及对业务的参与感，会对会议有帮助。

以上是我使用"六帽"的一个小故事，跟老师分享一下，再次感谢老师让我们学习到了"平行思维"这一"非攻兼爱"的好工具。

看完这位学员分享的故事，我的心情非常激动。多么好的工具、多么好的学员、多么好的故事，这才是行动学习的典范。她用"六顶思考帽"协助先生换位思考，最后把原来一顶大大的情绪的"红帽"：坚决不招人的决定，转化为用"蓝帽"引导，以更多角度看待问题。角度转换了，情绪也转换了，也能够看到对方的出发点了。

从这位妻子分享的"六帽"故事中我们可以看到，先生的观点发生了变化，主要体现在两个方面：一是他意识到"白帽"的信息还不够；二是看到了对方对此事的"黄帽"价值的看法。很多时候，由于信息不对称，人们大多以情绪化或直觉的判断做决定。再有，当人们没有意识到事情的好处或价值的时候，就会非常坚持自己的观点，久而久之，思考被自己的判断标准束缚得非常僵化刻板，不容易产生突破。"六顶思考帽"则是一个非常好用的思维工具，它促使我们看见自己的思考，再专注于思考不同的维度，把自己的喜好或基于情绪的判断作为其中的维度之一，从而形成一个有广度和深度的思考。

"六帽"法不仅能够帮助我们发掘思维的深度和广度，还能够让我们在表达时有一个清晰的框架，既知道说什么也知道怎么说。无论大人还是孩子，不论写故事、写文章，还是讲故事、做汇报，它都是一个非常实用的工具。思考是一切的开始，而思考之后我们要把思想用语言呈现出来，"六帽"法能够助力我们设计故事、连接思想，用超越过去的形式，表达出彩色的画面。

▲ 第三节
用故事思维重塑和睦的人际关系

1. "夸夸群"的故事

一次培训课上，一位总经理向我抱怨，"我的这两个部门，供应链和销售团队，一开会就吵架。销售团队总是嫌交付时间不能满足客户需求，供应链又总是反驳说销售团队总是答应客户的一切要求，他们当然做不了。这可怎么办？"

为了化解矛盾和冲突，我安排了一个讲故事的游戏环节，叫"夸夸群"。开会前，每组里都有销售部的员工，我特意在每组安排了一位供应链团队的人员。我让销售人员先夸一夸供应链的同事，大家依次接龙，一直表扬 5 分钟不能停，而且前后发言的同事不能说重复的内容。

游戏开始了。一个组的第一位员工说道："谢谢供应链的伙伴，我上次的订单，客户催得紧，我天天催你们，后来你们到处找资源，调配资源，加班加点，按时交付。我那时候说了很多搓火伤人的话，你们肯定不爽，但你们还是特别配合，最后我们如期向客户交付任务，总算完成了项目。你们太不容易了！没有你们，就算拿回一座矿，也造不出飞机大炮，一切都白搭。感谢！要是以前我说了特别伤人的话，现在你也发泄出来。"

轮到第二位，她接着说："谢谢你！我知道你孩子在学校打篮球被同学撞伤了眼角，当时大家都在加班，我听到你接了爱人的电话还和她急眼，把一摊事甩给她，让她带孩子去医院。我们都知道，你肯定担心死了，但你还是留在办公室，为我们协调各种事情，凌晨才和我们一起回去。这份担当和牺牲精神我非常感动，谢谢你了。"

一位又一位销售部的员工从具体的事件、细节的描述、心中的感受，一点一滴地把供应链的同事夸赞、感谢了一番。

五分钟后，我问各组供应链员工的感受。有的人差点抹眼泪，有的人红着鼻头，冲着我说，"他们，他们，他们，啊，平时哪有这么对过我们。要都这样看到我们不容易，能理解我们，少骂一些，我们还不是拼了命也要去配合完成！"

后来，这家公司制定了一个有趣的规定，开会前要有一个破冰环节，就是用夸赞彼此的故事开始，先夸上五分钟，再开会。

跨部门沟通的冲突，根本原因是角度不同、利益不同、思考方式不同，导致沟通不畅，进而带来冲突。要化解冲突，不仅仅是说话，而是要考虑说话背后是否能够真正理解对方，尤其是对方的思考角度和情感诉求。语言是思维的载体，"夸夸群"讲故事的小游戏就是让冲突的双方理解共情到另一方，夸起来，寻找夸赞的亮点，调动对方的情绪感知，达到情感层面的共振，让一幅幅画面展现在彼此的眼前，带来感动，这样才能激发彼此配合的行动。

2. 重新定义亲子关系

一次培训课休息期间，我和一位妈妈学员聊了起来，并用"六顶思考帽"的"蓝帽"辅助她重新聚焦、重新定义亲子关系。

她一开口就向我抱怨说，儿子不听话，她思考的焦点是"如何让儿子听我的话"。

于是，我问她："你觉得将来你儿子这一代可能比咱们这一代更好呢，还是不如咱们？"

"应该更好吧？"她说。

"你真相信你儿子这一代比咱们更好，是吧？"我继续追问。

"是呀！他们吃的就和我们不一样，生活条件、教育环境都好了很多呀！应该是一代更比一代强。"她回答道。

"那你想想，为什么要让儿子听你的话？你认为是应该让比咱们条件更好的一代人听听不如他们那一代人的意见呢，还是咱们应该听人家的话？"我启发道。

她恍然大悟："啊？哦！也是，有道理。那我想想，我怎么改。"

后来，这位妈妈把自己思考的焦点改为：如何让我听儿子的话？

再后来，这位妈妈学员告诉我，他们母子俩决定每周两次深度谈话，第一次先谈谈妈妈如何听儿子的话；第二次再谈谈儿子如何听妈妈的话。妈妈首先转变了思考的角度，对儿子起到了很好的榜样作用，儿子也愿意进行改变。

通过三五分钟的思考达到一种顿悟，这是聚焦问题的力量，从"我"到"你"的角度转换更是改变的核心所在。谁能够率先改变，谁就是真正的英雄。

故事思维的能力至关重要，对各群体均有深远影响。销售和市场营销团队用故事建立客户情感连接，传达品牌价值，推动业绩增长。广告和创意设计部门通过故事吸引受众，增强广告效果，提升品牌知名度。公共关系和传媒团队用故事塑造积极企业形象，吸引媒体关注，提高企业知名度。产品开发和设计团队借助故事深入理解用户需求，优化产品设计，提升用户满意度。管理者用故事激发员工思维，提升员工应对挑战的能力。总之，故事已经发展为我们每个人应该具备的核心竞争力，帮助我们在激烈竞争中脱颖而出，实现业务目标，创造卓越成果。因此，我们应该重视故事的力量，学会用故事来推动发展和创新，为组织和个人带来更多的成功和机遇。

小结：

　　这一章介绍了故事在各个场景中的应用。故事的目的是建立连接，通过输出情感和价值，促进积极快速的改变。故事的时代已经来临，你需要准备好故事和讲故事的技巧，迎接重要时刻，用故事决胜未来。

小练习：寻找首席故事官

一、想一想

　　1. 请按照本章分享的故事场景的案例，设计一个你自己的故事。

　　2. 想一想在本章所提到的场景中，你是否也能举出一个令人印象深刻的例子。

二、讲一讲

　　1. 在 5~8min 内，讲出不同场景中的个人故事、品牌故事、用户故事。

　　2. 关注一下讲故事的完整流程图，对你的故事进行反馈，看看哪些方面有遗漏。

第七章

面向未来，讲好故事——
智能时代，智慧表达

面对高效，超越高效。

◢ 第一节
AI 能为我们做什么

1. AI 强于计算，人心强于算计

深圳华大基因股份有限公司的 CEO 尹烨被称为媒体圈、财经圈、科研圈最受欢迎的生物界"名嘴"。有一次他受邀在凤凰卫视的节目《圆桌派》上畅谈人工智能。

他说："你要明白一个很重要的事实，就是今天的 AI，我更倾向于叫它是计算高手，可人类会算计。计算和算计这两个词是不一样的。当很多人给我讲我这个东西特别准特别精确的时候，

我说你这东西智能，就会犯错，不会犯错的系统一定不智能。"主持人也分享道："一个巨大无比的计算系统依然没有办法取代人脑的简便性和精简性。人脑是一个特别高效能的系统，这种系统不能简单利用信息量去思考，因为它不被束缚。"

是的，人工智能也许强于计算，但是人心和人性中还有算计。智能时代，我们如何更好地做到智慧表达呢？

2. 我同 AI 之间的较量

我介绍过如何用"六顶思考帽"给自己做画像、讲个人故事的例子。最近我也使用了 AI 去生成个人的故事，这种体验给了我一些启发。

我和 AI（文心一言）进行了一次尝试与较量。这是我的提示词：在"六顶思考帽"中，"蓝帽"代表目标，"白帽"是信息，"红帽"是感受，"黄帽"是价值，"黑帽"是不足和困难，"绿帽"是创新。要求：请你用"六顶思考帽"为德博诺中国公司的首席讲师写一份个人介绍，讲出她的个人故事。

之后，我又用同样的提示词让 AI 再回答一遍。

第三遍、第四遍……

问题来了，每次它回答的内容都不一样。我该如何使用呢？用哪一个版本合适呢？

这里牵扯到了审美，甚至决策。

还有一点，AI 的多份介绍大致体现出它理解了"六顶思考帽"的内容，它也收集到了一些网络上的信息，但有些地方表述得不准确。

第一是"红帽",也就是关于感觉、情绪和直觉。它在这方面表达的角度混乱。AI表达的是它或者网络对个人故事的感受和情绪,而不是从讲述者的角度讲感受和情绪。它通常说,通过介绍来看,感觉到她是一个有使命感、经验丰富、目标性强的人。

第二是"黑帽",也就是关于困难、挑战和应当警惕的地方。AI在介绍中都是夸赞的好话,但是真正需要指出的不足却没有表达出来。所以AI给出的内容质量还需要我们去人为甄别或取舍。

第三,"六帽"要求在每顶"帽子"下去专注地思考,不应该在"黑帽"中加入"绿帽"的思考和建议。而在众多介绍中,AI在"黑帽"的部分就给出了"绿帽"的建议和解决方案,实际上是把两个"帽子"的思路混杂在一起了。

此外,"绿帽"要思考改善"黑帽"的不足,或者针对"蓝帽"的焦点提出创新想法,而AI的介绍依然采用"白帽"思考方式,都是在罗列事实,并且罗列的大多是框架性的内容,并没有给出具体、细化、深入的行动指引或方法。当我再问它还有哪些细化的创新方法时,它给出的答案依然泛泛而谈。

对比我用"六帽"写的个人故事和介绍,不难发现,从效率上看,AI确实很快就输出一大堆素材。但从效果和质量上看,AI还是基于它在网络上能收集到的、以及我"投喂"给它的提示词快速生成一份素材。对于这个素材,我还是感到困惑,还需要甄别、筛选和决策。

我的结论是：

首先，AI 每次的回答都不同，究竟以哪一个为准？它生成的东西能用吗？哪些可以为我所用？这些都有待研究。

其次，AI 目前提供的内容水平一般。香港科技大学终身教授、市场营销和大数据与人工智能交叉学科的专家王文博教授也调侃说："AI 目前的核心作用尚属于'内容扶贫'，快速生成基本属于平均水平的内容。如果要输出精彩生动的内容，还必须依靠我们人类的思考和创意。"他还指出，"每一次 AI 生成的内容都会略有不同，所以如何决策，如何筛选还需要我们自身有品位、有能力、有调性。

不过通过与 AI 的互动和体验，我也得到了一些宝贵的启示。首先，我们需要对 AI 生成的内容进行甄别和筛选，确保其真实性和准确性。其次，我们不能完全依赖 AI 完成思考和创意的过程，而应该把它作为一个辅助工具来使用。最后，我们需要不断提升自己的思考能力和创意水平，以便更好地利用 AI 这个工具来为我们服务。

总之，要让 AI 成为我们的"副驾"而不是主宰，我们需要保持头脑清醒并进行独立思考。只有这样，我们才能更好地利用 AI 这个工具来为我们创造更美好的未来。

3. 利用 AI 生成故事课程课件

除了和 AI 对话，我又尝试了一款 AI 软件（Gamma）帮助我生成故事课程课件。我输入的提示词是：我要讲授一门课程叫

《打造首席故事官》，请从为什么要讲故事、什么是一个好故事、讲好故事的技巧，以及故事的应用场景等方面展开。

这是它提供的素材，如图 7-1 所示。

图 7-1　用 AI 生成的《打造首席故事官》的课件

在三分钟的时间里，AI 为我迅速构建了七张幻灯片的内容框架，也提供了比较丰富的场景，令人耳目一新。

首先，它开宗明义地指出了故事的重要性——作为人类文化中最古老且最具影响力的沟通方式，故事拥有揭示真理、传递情感、引导行为等诸多功能。了解人们为何喜欢听故事，是讲好故事的第一步。

其次，AI详细解析了构成好故事的四大要素：引人入胜的情节、鲜活立体的角色、紧张激烈的冲突以及出人意料的转折，这些要素共同构成了一个好故事的骨架，使之有血有肉、生动有趣。

在讲好故事的技巧方面，AI也给出了独到的见解。它强调了情感共鸣的重要性，认为只有触动听众的情感，才能让故事深入人心。同时，AI也认为图像化的描述、节奏的把控以及声音的运用也是讲好故事的关键所在。

再次，AI还探讨了如何定制与品牌相关的故事。它建议我们要发掘并利用与品牌、价值观和使命息息相关的故事，将这些故事与受众的需求和期望相结合，从而打造出独具特色的品牌故事。

在企业文化方面，AI明确指出故事在连接员工、塑造企业身份以及激励创新等方面发挥着重要作用。通过讲述企业的成长历程、辉煌成就以及员工的奋斗故事，增强员工的归属感和凝聚力，激发企业的创新活力。

最后，AI提供了几个成功案例的分析场景，聚焦于品牌故事的塑造、商业故事的影响以及个人故事的激励作用。这些案例既为我提供了实践的参考，也启发了我对于故事更多可能性的思考。

虽然 AI 提供的内容框架具有一定的参考价值，但我们也必须保持清醒的头脑，不能盲目地依赖 AI，而是要学会借鉴其优点、弥补其不足。在使用 AI 生成的内容时，我们要进行深入的思考和精细的加工，让框架变得更加丰满和细腻。同时，我们也要充分发挥自己的主观能动性和创造性，讲出更有"人味"的故事。

面对 AI 的高效、便捷，人类的优势不在于速度、数量，而是深度与质量。我们要通过更加深入的思考和极致的追求，让故事更加丰富多彩、感人至深。同时，我们也要学会与 AI 合作，让它成为我们的得力助手和灵感源泉。在智慧时代的大背景下，如何更好地利用 AI 来提升我们的表达能力和传播效果，是我们需要不断探索和实践的重要课题。其实，我们要不断超越的永远都是我们自己！智慧时代，我们如何运用 AI 做更好的智慧表达，才是我们应该深思的问题。

我们的伙伴不是它，又是谁？我们的突破不在此刻，更待何时？

◢ 第二节
讲好故事，助力人才转型

1. 未来需要的人才类型

很多人及组织都在谈转型。企业要转型、培训要转型，甚至演讲都要转型，关键是往哪里转呢？

　　已有很多人开启了自我颠覆的英雄之旅，把自己打造成 T 型人：有深度也有广度。还有很多人直面"K 型时代"，在行业分化进一步加剧、利益集中在少数头部和顶流手中的时代找到定位，重新定义，找到新活法。

　　这个活法也许是探索是否可以成为 π 型人。

　　"π"的横，代表宽广的学科跨度，知识面广，一撇一捺代表至少在两个领域有深刻的经验和造诣，精通到专家水平。

　　π 型人才最典型的代表是马斯克、乔布斯，他们都是多栖领域的专家。

　　马斯克的多栖领域包括科技和商业。他的大学专业是物理学和商科，但他对工程学也颇有研究。

　　乔布斯的多栖领域包括科技和艺术。他对艺术风格和科技创新的思想极其敏感，从而把艺术融入了苹果产品的"血液"。

　　π 型人才拥有的优秀条件就是跨界和多元，这也是终身学习者的发展路径。

　　著名物理学家 科普作家万维钢老师在《高手》一书中的分享很有启发性。他介绍了美国畅销漫画"呆伯特系列"的作者——斯科特·亚当斯的经验。亚当斯既写博客又画漫画又出书，各方面都取得了巨大成功，他是如何做到的呢？

　　亚当斯说："如果一个人想取得出类拔萃的成就，大概有两个选择：第一是把自己的某个技能练到全世界最好，但这个非常困难，只有极少数人能做到。第二是可以选择至少两项技能，把每一项技能都练到世界前 25% 的水平，这就比较容易。同时拥有两个能排在前 25% 的技能的人，其实很少，而如果我们能把这两个技能结合起来去做一件事，就可能取得了不起的成就。"

比如亚当斯自己，他不是世界上画画技能最好的，但是他的画画技能可以达到前 25% 的水平。他写笑话的技能也不是全世界最好的，但是他写笑话的能力也能达到前 25% 的水平。现在他把这两项技能结合在一起，画"呆伯特漫画"，能做到这一点的人就太少了。

所以亚当斯给的建议是，不管我们真正喜欢的领域是什么，要努力在这个领域练到前 25% 的水平，然后再加一个领域，这不就构成 π 了吗？亚当斯说，当然能多加两个更好，多元跨界，如果我们不知道该加什么领域，亚当斯建议——那就练习表达和演讲。

我非常同意亚当斯的建议，不论是 T、K、π，这个时代的人们更需要被听见，需要更好地输出自己的思想。我们讲故事的技巧也需要不断提高，从 T 进化到 K，再到 π，找到更新颖、更高效、更快速的方法，成为讲故事的高手，提升关键时刻的表达力和影响力。

2. 用故事经营"人心经济"

既然通向未来的路上转型不可避免，那么故事怎么转型呢？

有一次我参加一个会议，旁边坐了一位国学专家，我俩攀谈起来。我介绍自己是做创新思维教育和培训的，希望在 AI 时代提升人们的思考能力。没想到，他微笑着略摇了摇头，打断

我说："不，现在最主要的不是这里，"他指了指脑袋，"而是这
里，"他又指了指心，"吃喝不愁了，核心就是要解决'心'的
问题了。用什么信仰来支撑人心，用好 AI？用什么大道来设计
发展？AI 发展这么迅速，一个跟不上就会被替代了。我们能应
对的办法就是发展'人心经济'。"

"人心经济"？我一下子被这个新说法吸引住了。我问道："您
说的'人心经济'是什么？"

他说："是咱们生而为人的独特优势呀。你了不了解人的需
求和期望，能不能满足、能不能创造出有价值的产品和服务？AI
技术已经能够提供丰富的数据和精准的分析了，但目前它还无法
完全替代咱们对情感和需求的敏锐洞察。所以，关注'人心'的
经济能发展壮大。"

在智能时代，我们应该更加注重智慧表达，通过独特的创意
和生动的叙述，让我们的思想和情感得以充分展现和传播，因为
智能时代是人心、故事与智慧交织的见证。

3. 升级和迭代

近两年我面临的最大挑战是：新的需求。

○ 我们不要课程了，要立竿见影的结果。

○ 我们不要灌输知识了，要现场引导和变化。

○ 我们不要太多内容和细节，要带来应用的感觉。

○ 我们不要那么长时间的线下培训了，要轻、快、灵的线上
指导。

○我们先不培训了，因为我们的企业大学都没了。

○演讲课程红海一片，太卷了，你有没有新的内容？

这些需求冲击着我们，怎么办？

两个人的书和一个人的话对我大有启发。

有一次，当代管理大师、情景领导理论的创始人、《一分钟经理人》的作者，75 岁高龄的肯·布兰查在飞机上偶遇比他大四岁的著名心理学家莫顿·雪维兹。两个老顽童在飞机上进行了一场"头脑风暴"，还吹出了一本妙不可言的书：《重新开火！别歇火：让你的余生成为最美好的人生！》（*Refire!Don't Retire:Make the Rest of Your Life the Best of Your Life!*）。

书名本身就是一首励志诗。两位老人用人生的智慧谱写出新的意境和诗篇，激励着"我"和"我们"在遇到各种挑战和难题时，发出"老骥伏枥，志在千里。烈士暮年，壮心不已"的壮志豪言。

重燃热情！

保持激情，

把今后的日子，

变成最棒的日子！

怎么做？

升级和迭代。

海尔集团董事长张瑞敏先生的一句话也深深触动了我："自杀重生、他杀淘汰！"在这个瞬息万变的时代，与其坐等被他人颠覆，不如主动求变、涅槃重生。于是，我开始专注于输出的力量，希望通过分享，将自己的思考与经验传递给更多的人，并不断优化升级自己的课程与培训内容，帮助更多的人在思考与表达方面输出自己的品牌与力量。

在这个过程中，我发现故事的力量是无法被替代的。无论是在汇报成果、路演、项目竞标还是内容分享等场合，一个生动有趣、引人入胜的故事往往能够起到事半功倍的效果。因此，我更加专注于打造最有价值的故事，希望通过这种方式帮助更多的人在输出的道路上走得更加顺畅与自信。

我的目标是培养更多的首席故事官（CSO：Chief Story Officer）。他们不仅能够在重要场合分享自己的故事、品牌故事或用户故事，更能够借助故事的力量实现有效沟通、交流与连接。在这个充满变革与挑战的时代里，只有那些敢于创新、勇于突破的人才能成为真正的赢家。而故事，正是他们手中最锐利的武器。

第三节
发展成为首席故事官

1. 时代呼唤首席故事官

近几年来，相信每个人都感受到了很多变化和不确定性。这种不确定性促使我加速思考、升级和转型。这个时代不变的是对更深刻的认知、更高效的沟通、更快速的成长的要求。一路走来，我见证了人们对于重新定义故事的渴求，以及通过故事不断拓宽认知边界、探索创新设计和演绎的方法，输出新的力量。我想起一部老影片里的一句台词：辫子没了，神还在。不论什么时候，不论时代如何变化，每个人的"神"是否还在？是否能帮助我们升级迭代？

故事以一种独特的方式连接着心灵，成为沟通、理解和创新的桥梁。无论是在工作、学习，还是个人成长中，故事都发挥着不可或缺的作用。

故事促进思想的流通，是我们连接未来的社交货币。故事就像一盏明灯，点亮道理、鼓舞人心。讲故事已经成为一项综合了感知、引导、娱乐、教育、启发、沟通的策略，成为打动人的一个基本能力。

那么经过故事之心的设计、故事之线的构建、故事之旅的打磨，逐渐成长起来的"首席故事官"应该具备什么样的特质呢？

2. 首席故事官的特质

"首席故事官"通过故事的力量，更好地传达个人、企业、品牌的价值和理念。他们在重要场合为听众讲述引人入胜、意义深远的故事，从而建立深厚的情感连接，传递核心价值观，并推动目标的实现。

这样的角色需要深厚的故事创作与讲述能力，能够从日常生活中提炼故事的元素，将复杂的概念和想法转化为引人入胜的叙事。他们需要运用丰富的想象力和创造力，确保故事既有趣味性又有启发性。同时，他们还应该掌握多种讲述技巧，如语调变化、肢体语言等，以吸引听众的注意力，让故事更加生动有趣。

除了基本的故事创作和讲述能力外，首席故事官还需要对所服务的行业、企业以及品牌有深入的理解。他们应该能够准确把握行业的发展趋势和竞争态势，了解企业的历史、文化和核心价值观，以及品牌的定位和目标受众。这样，他们才能创作出既符合行业规范又能凸显企业和品牌特色的故事，从而有效地传递信息和价值观。

作为首席故事官，与各个部门和团队成员进行有效的沟通和协作是必不可少的。他们需要与市场营销团队紧密合作，确保故事策略与营销策略相一致；他们还需要与创意团队共同工作，将故事创意转化为具体的视觉和听觉元素；同时，他们还需要与高层管理人员保持密切沟通，确保故事能够准确反映企业的战略目标和愿景。因此，强大的沟通与协作能力是首席故事官成功履行职责的关键。

在不同的文化和社会背景下，人们对故事的接受程度和喜好往往存在很大的差异。因此，首席故事官需要具备敏锐的文化和社会洞察力，能够准确把握不同受众的心理需求和审美偏好。他们应该对不同文化有基本的了解，并能够在故事创作和讲述过程中考虑到这些因素，确保故事能够引起广泛共鸣并产生积极影响。

同样重要的是，首席故事官需要具备持续学习的意识和进取精神。在快速发展的今天，新的故事形式、讲述技巧和传播渠道不断涌现，首席故事官需要保持对新技术和新趋势的敏感性，不断学习和掌握新知识、新技能。同时，他们还需要具备创新精神，勇于尝试新的故事策略和讲述方式，以应对不断变化的市场环境和受众需求。

在转型和重启的路上，再小的个体，也能输出自己的力量，让我们快速成长为一名"首席故事官"。

3. "谢谢您给工"带来的感悟和收获

"谢谢您给工"这句话是我在里德学院（Reed College，就是乔布斯辍学的那所著名文理学院）工作时，一位清洁工阿姨对我说的。它改变了我对于工作任务或者突发需求的看法。

当时，我是语言学者，在里德学院教授中美跨文化交流相关的课程。有时我备课忘了时间，走得比较晚，一出办公室，总会看到一位清洁工等在门边。她说："哦，您好，请等一下，先别锁门，我打扫完了帮您锁吧。"

我这才意识到："坏了！自己走得太晚，耽误人家打扫卫生了。"于是，我赶忙道歉："不好意思，耽误您了。"阿姨是中国香港人，她也赶忙回一句："没关系，谢谢您给工。"

第一次我没听明白，什么叫"谢谢您给工"？哦，原来她谢谢我给她这份工作（其实也不是我给的）。但就这么一件小事儿改变了我对工作的认知。

我以前在一所大学因为讲课出色，总是被学校安排去负责给"创收班"的成人教英语，哪一个班难上就安排我去上。所以我心里老大不愿意，常常嘀咕："为什么是我？为什么老是我？为什么总是让我干这些活？"

这位香港来的清洁工阿姨轻描淡写的一句口头禅"谢谢你给工"（感谢您给我工作机会）一下"击穿"了我。现在我每次都以"谢谢你给工"的心态，感恩有机会能够为有需要的人提供价值，这样做事情的态度、方式，使结果大不相同。

谢谢您给工！希望在这个旅程中，让故事的影响力、故事的价值、故事的曲线点燃我们的思路。

"古老的篝火已经孕育出新的火种，在心与心之间传播，在屏与屏之间传播，点燃思想的时代已经来临！"这是美国《连线》杂志前任主编克里斯·安德森接手美国 TED 演讲与分享平台时表达的初心。这句话也非常适合用在故事分享的场景里，不论是汇报演讲、沟通谈判、培训引导，其实都是为了那一刻的"点燃"。那就让故事点燃我们，让我们把头脑中、心灵里蕴藏的丰富故事讲出来，让讲好故事的能力成为我们决胜未来的核心本领。一路同行的你我，让故事之心、故事之线、故事之旅见证我们的绽放。

小结：

这一章核心展示了智能时代下智能工具为设计故事带来的帮助。智能工具效率高，但属于"内容扶贫"，我们需要准确判断并精心筛选智能工具提供的信息，让智能时代的智慧表达更有"人味"和情怀。

小练习：寻找首席故事官

一、想一想

1. 请按照本章分享的 AI 助力内容生成的方法，想一想用什么提示词让 AI 为你设计一个故事。

2. 请选择本章分享的故事课件里的一页内容，想一想如何丰富这页内容，用故事使之细节化、具象化。

二、讲一讲

1. 尝试在 2min 内把 AI 助力生成故事的过程讲成一个故事。

2. 尝试用 AI 生成故事课件，讲出一个你自己的故事，可以是产品的故事、品牌的故事、用户的故事、企业文化的故事、个人的故事，等等。

后　记

　　书稿完成之际，我心潮难平。在漫长而又充实的创作过程中，有太多的人给予了我支持与帮助，使得这部作品能够得以诞生。

　　首先，我要向摩托罗拉大学致以最深的谢意。自1996年起，我便有幸成为这所杰出企业大学的外聘讲师，这段宝贵的经历不仅为我奠定了坚实的培训基础，更引领我踏上了商务演讲、跨文化交流及培训引导的专业道路。二十多年来，我在这条道路上孜孜不倦地耕耘，不断积累与沉淀。摩托罗拉大学所认证的课程，经过我无数次的升级与迭代，已然成为我今日课程体系的核心，为这本书的诞生播下了思想的种子。

　　其次，我衷心感谢德博诺（中国）。自2013年起，我担任这家公司的首席讲师，始终以系统思考和创新思维为指导，为企业的发展贡献自己的绵薄之力。在这个过程中，我深刻体会到在思考之后的输出过程中，故事的力量对于推动创新和提升表达效果的重要性。因此，我一直在探索如何以创新的方式设计和指导故事思维能力的训练，以期更好地满足这一迫切需求。

此外，我还要感谢曾经任教过的大学、合作过的客户以及和我共创的机构和同事们。同时，也要向六万多名线下学员和几十万线上学员表达我的感激之情。正是他们的支持、包容、期望、鼓励，甚至批评，构成了我不断前行的动力。我深知，这份信任与期待赋予了我责任与使命。因此，我将竭尽全力提供高质量的产品和服务，陪伴并助力更多人发掘并输出自己的力量。

我更想向三位特别重要的人以及更多默默支持我的朋友们表达最真挚的感谢。

首先，向我的朋友曾婷和郭一君致以衷心的谢意。他们一直在我身边为我加油打气，在我感到迷茫和困惑时给予鼓励和支持。他们不仅关心我的写作进展，还积极为我引荐出版社和编辑。正是他们的无私帮助和坚定信念，让我能够克服重重困难，坚持走到最后。这部作品同样凝聚了他们的期望和心血。

其次，我要感谢这本书的编辑梁一鹏老师。在曾婷和郭一君的引荐下，我们有缘相识。梁老师对书稿提出了宝贵意见。正是他的坚持和鼓励，让我重新找回了创作的信心。在多次的沟通和修改中，他总是以严谨的态度、专业的眼光，不断推动我前行。

最后，我要向我的家人、同事、客户和读者们表达由衷的感谢。我的家人一直默默支持着我，陪伴我走过了无数个焦虑和低落的夜晚。我的同事在工作中对我的认可和鼓励，成为我不断前进的动力源泉。我的客户一次又一次地邀请我进行培训和授课，让我有机会将故事的力量传递给更多的人。而我的读者，正是你们对故事的热爱和期待，让我有了创作这部作品的动力。

　　凝结在文字中的是我的心血和情感。每一个故事都承载着我们的情感和记忆，通过这本书，我希望能够将你我连接起来，共同感受故事的力量和美好。愿我们的故事能够激发彼此的情感和行动，见证我们的成长和进步。感谢你们一直以来的陪伴和支持，让我们一起成就彼此。

参考文献

［1］王诩. 鬼谷子［M］. 许富宏，译. 北京：中华书局，2011.

［2］麦基. 故事：材质、结构、风格和银幕剧作的原理［M］. 周铁东，译. 天津：天津人民出版社，2014.

［3］考威尔. 驯龙高手［M］. 罗婉妮，译. 青岛：青岛出版社，2014.

［4］赫拉利. 人类简史：从动物到上帝［M］. 林俊宏，译. 北京：中信出版社，2014.

［5］弗兰克尔. 活出生命的意义［M］. 吕娜，译. 北京：华夏出版社，2018.

［6］艾萨克森. 史蒂夫·乔布斯传［M］. 赵灿，译. 北京：中信出版社，2023.

［7］西蒙斯. 故事思维人工智能时代影响他人、解决问题的关键技能［M］. 俞沈彧，译. 南昌：江西人民出版社，2017.

［8］柯林斯，波勒斯. 基业长青：企业永续经营的准则［M］. 真如，译. 北京：中信出版社，2019.

［9］平克. 全新思维［M］. 高芳，译. 杭州：浙江人民出版社，2013.

［10］卢森堡. 非暴力沟通［M］. 刘轶，译. 北京：华夏出版社，2021.

［11］达利欧. 原则［M］. 刘波，綦相，译. 北京：中信出版社，2018.

［12］马丁. 冰与火之歌［M］. 谭光磊，屈畅，胡绍晏，译. 重庆：重庆出版社，2018.

［13］克龙. 故事魔力［M］. 刘斌，译. 北京：中译出版社，2022.

［14］达马西奥. 笛卡尔的错误：情绪、推理和大脑［M］. 殷云露，译. 北京：联合出版社，2018.

［15］海特. 象与骑象人：幸福的假设［M］. 李静瑶，译. 杭州：浙江科学技术出版社，2023.

［16］希勒. 叙事经济学［M］. 陆殷莉，译. 北京：中信出版社，2020.

［17］达摩达兰. 故事与估值：商业故事的价值［M］. 廖鑫亚，艾红，译. 北京：中信出版集团，2018.

［18］拉扎斯卡斯，斯诺. 无故事不营销：如何讲好一个商业故事［M］. 李茜茜，译. 机械工业出版社，2020.

［19］阿克. 品牌标签故事：用故事打造企业竞争力［M］. 高小辉，译. 北京：机械工业出版社，2020.

［20］阿科尔，史密斯.蜻蜓效应：运用社会化媒体的制胜秘诀［M］.刁海鹏，赵俐，刘霞，译.北京：机械工业出版社，2011.

［21］西诺雷利.认同感：用故事包装事实的艺术［M］.刘巍巍，孟艳，李佳，译.北京：九州出版社，2016.

［22］雷纳德.演说之禅：幻灯片呈现与沟通的艺术［M］.王佑，汪亮，译.北京：电子工业出版社，2020.

［23］任瓦茨，莫林.销售脑：如何按下消费者大脑中的"购买按钮"［M］.鹂嘉图，译.杭州：浙江人民出版社，2014.

［24］马丁·路德·金，霍玉莲.我有一个梦想［M］.王婷，戴登云，译.北京：中央编译出版社，2001.

［25］加洛.像TED一样演讲：打造世界顶级演讲的9个秘诀［M］.宋瑞琴，刘迎，译.北京：中信出版社，2015.

［26］坎贝尔.千面英雄［M］.黄珏苹，译.杭州：浙江人民出版社，2022.

［27］斯涅克，米德，多克尔.如何启动黄金圈思维［M］.石雨晴，译.杭州：浙江人民出版社，2019.

［28］奥斯特瓦德.价值主张设计：如何构建商业模式最重要的环节［M］.余锋，曾建新，李芳芳，译.北京：机械工业出版社，2023.

［29］德博诺.水平思考：如何开启创造力［M］.王瑶，译.北京：中国人民大学出版社，2018.

［30］大前研一.思考的技术［M］.刘锦绣，谢育容，译.北京：中信出版社，2008.

［31］高琳，林宏博.故事力：用故事决胜人生关键时刻［M］.北京：中信出版社，2020.

［32］奥尔森.科学需要讲故事［M］.高爽，译.重庆：重庆大学出版社，2018.

［33］东东枪.文案的基本修养［M］.北京：中信出版社，2019.

［34］德博诺.六顶思考帽：如何简单而高效地思考［M］.马睿，译.北京：中信出版社，2016.

［35］卡迪.高能量姿势：肢体语言打造个人影响力［M］.陈小红，译.北京：中信出版社，2019.

［36］福格.福格行为模型［M］.徐毅，译.天津：天津科学技术出版社，2021.

［37］万维钢.高手：精英的见识和我们的时代［M］.北京：电子工业出版社，2017.